여성
독립운동가
100분을 위한 헌시

이윤옥 지음

도서출판 **얼레빗**

3 · 1만세운동 100돌을 맞아
이 땅의 독립을 위해 헌신하신
100분의 여성독립운동가에게 바치는

헌시

머리말

『여성독립운동가 100분을 위한 헌시』에는 유관순 열사는 들어가 있지 않습니다. 한국의 잔 다르크로 알려진 유관순 열사는 한국인이면 서너 살만 되어도 아는 독립운동가이기에 일부러 이번 책에는 넣지 않았습니다.

올해는 3·1만세운동 100돌이 되는 해입니다. 기미년(1919)으로부터 100년이 흐르는 동안 우리는 줄기차게 유관순 열사 이름을 불렀습니다. 그래서 우리 머리와 가슴에는 '유관순 열사' 밖에 들어 있지 않습니다.

그러나 생각해보면 어찌 유관순 열사 혼자만 독립운동에 뛰어들었을까요? 3·1만세운동의 도화선이 된 동경 2·8독립선언 때만 해도 당시 유학생이던 김마리아, 황애시덕, 차경신 같은 여성 선각자들이 남성들과 어깨를 나란히 하고 독립운동에 뛰어들었던 것을 우리는 기억해야 할 것입니다.

올해로 일본어 공부를 한 지 40여 년이 됩니다. 여성독립운동가들을 발굴하고 이들을 알리기 위해 일본어를 전공한 것은 아니지만 학생들을 인솔하고 일본을 드나들면서 자연스럽게 여성독립운동가들에 대한 관심을 갖게 되었습니다. 그래서 좀 더 알아보고자 여성독립운동가에 대한 책을 찾아보았으나 대중 서적이 쉽게 눈에 띄지 않았습니다. "그래? 그렇다면 이 일을 해야겠다."고 다짐한 게 20여 년이 됩니다. 그 뒤 일제가 일본어로 써 놓은 판결문을 찾아 읽어 보는 등 각종 자료를 모아 집필에 들어간 것이 10년 전 일입니다.

여성독립운동가를 기리는 책 『서간도에 들꽃 피다』(전10권)을 마무리한 것은 지난 2월이었습니다. 꼬박 10년 동안의 작업을 하면서 겪어야 했던 수많은 일이 주마등처럼 뇌리를 스쳐 갑니다. 여러 어려움이 따랐지만, 무엇보다도 이 땅에 숱한 여성독립운동가들의 이름을 한분 한분 불러주었다는 자부심만은 꼭 말해두고 싶습니다.

3·1만세운동으로부터 이제 새로운 100년이 시작되었습니다. 새 시대에는 그동안 불러주지 않았던 여성독립운동가를 불러주어야 한다는 생각이 듭니다. 유관순 열사를 낮추려고 하는 마음은 추호도 없습니다. 다만 지난 100년 동안 충분히 그의 이름을 불러주었기에 새 시대에는 그동안 이름 석 자조차 알려지지 않았던 여성독립운동가들의 이름을 불러주어야 한다는 생각입니다.

올해는 3·1만세운동 100돌을 맞이하는 해인지라 나라 안팎에서 각종 행사가 줄줄이 진행되고 있습니다. 더러는 이벤트성 행사가 많지만 그래도 행사는 필요하다고 봅니다. 하지만 이벤트성 행사의 수명은 짧아 지속적으로 독립운동가들을 기리고 기억하기에는 부족하다는 생각이 듭니다. 책을 통해 여성독립운동가들의 삶을 다시 한번 환기시키고 싶은 생각에 『여성독립운동가 100분을 위한 헌시』 책을 세상에 내놓습니다.

3·1만세운동 100돌을 맞이하는 올해(2019.3.1. 현재 국가보훈처) 정부로부터 여성독립운동가로 서훈을 받은 분들은 433분입니다. 이 가운데 100분만을 골라 헌시(獻詩)를 엮었습니다만 이것은 새로운 것은 아닙니다. 그동안 『서간도에 들꽃 피다』(전10권)에서 다룬 200분 가운데 100분만을 따로 고른 것입니다.

시를 써본 사람들은 알겠지만, '특정 인물'을 대상으로 시를 쓴다는 것은 쉬운 일이 아닙니다. 자칫하면 업적 위주로, 자칫하면 감상 위주로 흐르기 쉽기 때문이지요. 이러한 감정을 배제하고 중심을 잡고 담담하게 한분 한분을 그려나간다는 것 자체가 역량이 부족한 저에게는 힘에 부치는 작업이라는 것을 잘 압니다.

그런데도 이 작업을 중단할 수 없는 까닭은 '그렇게라도 이분들을 알려야 한다.'는 간절한 마음이 앞섰기 때문입니다. 부디 이분들의 시를 통해 여성독립운동가에 대한 관심을 갖는 계기가 되길 간절히 바랍니다.

고맙습니다.

단기4252(2019)년 7월 1일
한뫼골에서 이윤옥 씀

차 례 (가나다순)

1. 조선 땅에 뼈를 묻은 일본인 '가네코 후미코' - 10

2. 하와이 사탕수수밭에서 부른 광복의 노래 '강원신' - 12

3. 노동자 권리 속에 숨겨 독립을 외친 '고수복' - 14

4. 미국 동포의 한 줄기 빛 '공백순' - 16

5. 겨레의 큰 스승 백범 김구 길러 낸 억척 어머니 '곽낙원' - 18

6. 황거를 폭격하리라, 한국 최초의 여자 비행사 '권기옥' - 20

7. 유달산 묏마루에 태극기 높이 꽂은 '김귀남' - 22

8. 꽃다운 열여섯 무등산 소녀회 '김귀선' - 24

9. 댕기머리 열네 살 소녀 목포의 함성 '김나열' - 26

10. 사진 신부로 독립의 노래 부른 '김도연' - 28

11. 신사참배를 끝내 거부한 마산의 잔 다르크 '김두석' - 30

12. 독립운동가 3대를 지켜 낸 겨레의 딸, 아내
    그리고 어머니 '김 락' - 32

13. 이화동산에서 독립정신을 키운 유관순 스승 '김란사' - 34

14. 잠자는 조선 여자 깨워 횃불 들게 한 '김마리아' - 36

15. 부산 좌천동의 불타는 투혼 '김반수' - 38

16. 중경의 혁명여성동맹원으로 활약한 '김수현' - 40

17. 훈춘에 곱게 핀 무궁화 꽃 '김숙경' - 42

18. 한인동포의 민족 자존심을 드높인 '김순도' - 44

19. 조국의 희망을 심어준 교육자 '김순애' - 46

20. 혁명의 강물에 뛰어든 '김알렉산드라' - 48

21. 완산의 봄을 되찾은 '김인애' - 50

22. 땀 밴 독립자금 광복의 불씨 지핀 '김자혜' - 52

23. 종로경찰서에 폭탄 던진 김상옥 어머니 '김점순' - 54

24. 여성이여 비굴치마라 사자후 토한 '김조이' - 56

25. 일제가 벌벌 떤 의용단의 '김태복' - 58

26. 수원의 논개 33인의 꽃 '김향화' - 60

27. 충남 공주의 만세운동 주동자 혹부리집 딸 '김현경' - 62

28. 무명지 잘라 혈서 쓴 항일의 화신 '남자현' - 64

29. 총독부와 정면으로 맞선 간호사 '노순경' - 66

30. 청홍 조각보에 새긴 태극기 꿈 '노영재' - 68

31. 남에는 유관순, 북에는 '동풍신' - 70

32. 중국인으로 조선의 독립을 외친 '두쥔훼이' - 72

33. 광복군 총사령부의 꽃 '민영숙' - 74

34. 백범에게 힘을 실어준 하와이 '박신애' - 76

35. 옥양목 찢어 태극기 만들던 '박연이' - 78

36. 무등산 소녀회로 왜경을 떨게 한 '박옥련' - 80

37. 황해도 재령의 만세운동을 이끈 '박원경' - 82

38. 여성의식 향상과 민중계몽에 앞장선 '박원희' - 84

39. 삼일운동 1주년 이천만 동포의 정신을 일깨운 '박자선' - 86

40. 역사학자 신채호의 동지 '박자혜' - 88

41. 조선 여공의 횃불 '박재복' - 90

42. 부산이 낳은 대륙의 들꽃 '박차정' - 92

43. 대한민국임시의정원 홍일점 여장부 '방순희' - 94

44. 여문 손끝으로 군자금 모은 '백신영' - 96

45. 비바리의 함성을 이끈 '부덕량' - 98

46. 빗창으로 다구찌 도지사 혼쭐낸 제주 해녀 '부춘화' - 100

47. 중국인으로 독립에 뛰어든 '송정헌' - 102

48. 병약한 몸 이끌고 독립의 노래 부른 '신의경' - 104

49. 백범이 인정한 여자광복군 1호 '신정숙' - 106

50. 임신한 몸으로 첩보활동 앞장선 '신정완' - 108

51. 독서회로 소녀의 꿈 키운 '심계월' - 110

52. 평남도청에 폭탄 던진 당찬 임신부 '안경신' - 112

53. 개성 3·1 만세운동을 쥐고 흔든 투사 '어윤희' - 114

54. 애국가 부르며 초모공작에 몸 던진 '엄기선' - 116

55. 광활한 중국 대륙 여자 광복군 '오광심' - 118

56. 칠순 노구로 독립을 목청껏 외친 '오신도' - 120

57. 고양 동막상리의 만세 주동자 '오정화' - 122

58. 김좌진 장군과 함께 뛴 만주의 여걸 '오항선' - 124

59. 조국의 어둠을 걷어낸 광복군 '오희영' - 126

60. 용인의 딸 열네 살 광복군 '오희옥' - 128

61. 우뚝 솟은 관모봉 정기 받은 '윤선녀' - 130

62. 만세운동으로 팔 잘리고 눈먼 남도의 유관순 '윤형숙' - 132

63. 안사람 영혼 일깨운 춘천의 여자 의병대장 '윤희순' - 134

64. 광주학생독립운동의 도화선 댕기머리 소녀 '이광춘' - 136

65. 피 흘리는 동포의 상처 어루만진 수호천사 '이도신' - 138

66. 열일곱 처녀의 부산 좌천동 아리랑 '이명시' - 140

67. 이육사 주검 거두며 맹세한 독립의 불꽃 '이병희' - 142

68. 통진 장날 만세운동을 이끈 성서학교 만학도 '이살눔' - 144

69. 황해도 평산의 의병 어머니 '이석담' - 146

70. 열아홉 값진 목숨 바친 수원의 잔 다르크 '이선경' - 148

71. 애국부인회서 여성들의 단합을 꾀한 '이순승' - 150

72. 어린 핏덩이 내동댕이친 왜놈에 굴하지 않던 '이애라' - 152

73. 중국 군인도 무서워 벌벌 떤 '이월봉' - 154

74. 가슴에 품은 뜻 하늘에 사무친 '이은숙' - 156

75. 윤동주 고향 북간도 명동촌 교육가 '이의순' - 158

76. 블라디보스톡 한인촌의 여장부 '이인순' - 160

77. 도산 안창호와 함께 부른 독립의 노래 '이혜련' - 162

78. 일제의 여공 착취에 항거한 오뚝이 '이효정' - 164

79. 만주호랑이 일송 김동삼 며느리 '이해동' - 166

80. 광주 소녀회로 똘똘 뭉친 여전사 '장경례' - 168

81. 하와이 다이아몬드헤드 무덤에 잠든 '전수산' - 170

82. 열여섯 조선의용대 처녀 독립군 '전월순' - 172

83. 압록강 너머 군자금 나르던 임시정부 안주인 '정정화' - 174

84. 광복군 뒷바라지한 만주의 어머니 '정현숙' - 176

85. 목숨이 경각인 아들 중근의 어머니 '조마리아' - 178

86. 가슴에 육혈포, 탄환, 다이너마이트를 품고 뛴 '조신성' - 180

87. 뼈가 으스러지는 고문 속에서도 독립을 외친 '조애실' - 182

88. 피 울음으로 애국여성 혼 일깨운 '조용제' - 184

89. 감자골 양양의 민족교육자 '조화벽' - 186

90. 한국의 잔 다르크 지청천 장군의 딸 '지복영' - 188

91. 조선 여성을 무지 속에서 해방한 '차미리사' - 190

92. 대구 신명교 교가 지어 애국혼 심은 '차보석' - 192

93. 심훈의 상록수 주인공 안산 샘골 처녀선생 '최용신' - 194

94. 여성을 넘고 아낙의 너울을 벗은 한국 최초의 여기자 '최은' - 196

95. 의사요 교육자인 제주 독립운동의 화신 '최정숙' - 198

96. 천안 아우내 학살 현장서 일본군에 저항한 '최정철' - 200

97. 함평천지의 딸 상해애국부인회 대표 '최혜순' - 202

98. 아직도 서간도 바람으로 흩날리는 들꽃 '허 은' - 204

99. 임시정부 버팀목 남편과 부른 광복에의 절규 '홍매영' - 206

100. 무지한 농촌을 일깨운 '황애시덕' - 208

부록1 • 이달의 독립운동가 - 211

부록2 • 여성 서훈자 독립운동가 433명 - 212

1

조선 땅에 뼈를 묻은 일본인 '가네코 후미코'

죽음보다 더
견디기 힘든
일제 만행의 치욕에 맞서

자유를 갈망하던
조선인 남편 도와
저항의 횃불을 높이 들던 임

그 횃불 타오르기 전
제국주의 비수 맞아
스물셋 꽃다운 나래 접고

조선 땅에 뼈를 묻은
임의 무덤 위로

해마다 봄이면
푸른 잔디
곱게 피어난다네.

* 가네코 후미코
(金子文子, 1903.1.25.- 1926.7.23.)

가네코 후미코 지사는 남편 박열(1902-1974,
대통령장 추서) 의사와 함께 일본 동경에서
제국주의 타도 및 일왕 암살 기도로 잡혀 23살의
나이로 일본 우쓰노미야형무소에서 옥중
순국하였다. 주검은 남편 박열 의사의 고향인
문경에 묻혔으며 박열 의사는 20여 년을 일본
형무소에서 수감 생활을 해야 했다. 2018년
애국장 추서.

▲ 독립운동가 가네코 후미코, 박열 부부

2

하와이 사탕수수밭에서 부른
광복의 노래 '강원신'

제물포항 긴 뱃 고동소리
형제자매 잠든 고향산천
뒤로하고 떠나가던 날

오뉴월 뜨거운 태양은
갑판 위로 녹아내리고
알몸뚱이 홀로 버려진
사탕수수밭

가죽 채찍 맞으며
받은 피멍 든 동전 모아
조국의 독립에
기꺼이 보탰노라

다시 태어나도
조국을 위해서라면
떠나갈 수 있으리

다시 태어나도
광복을 위해서라면
하와이 사탕수수밭
그 검붉은 태양을 견뎌냈으리.

* 강원신
(康元信, 1887 - 1977)

강원신 지사는 미국 캘리포니아주 다뉴바
지방에서 한성선, 김혜원, 한시애, 김경애
등과 함께 신한부인회를 조직하여 회장으로
활약하였다. 시누이 김혜원과 시어머니 황마리아
등이 모두 독립운동에 뛰어들었으며 이들은 초기
하와이 지역에서 대한부인구제회를 조직하여
조국의 광복을 위해 힘썼다. 1995년 애족장 추서.

3

노동자 권리 속에 숨겨 독립을 외친 '고수복'

노란봉 정기 받고 자란 몸
경성에 올라와
푸른 꿈 펴렸더니
가지에 푸른 순 돋기도 전
밑동 잘렸네

방직공장 다니면서
노동자 권리 속에 숨긴
뜨거운 독립의 노래
뉘라서 알랴?

일경에 잡혀
모진 고문 당하지 않았다면
스물둘 꽃다운 나이 접고
눈 감지 않았을 것을

고향 집 동구 밖에서
손 흔들던 어머니
귀한 딸 주검 앞에서
끝내 오열 터뜨렸네.

* 고수복
(高壽福, 1911 - 1933. 7. 28.)

고수복 지사는 함경남도 정평군 정평공립보통학교
를 졸업하고, 스무 살 나이에 경성으로 올라와 방직
공장직공으로 일하다가 좌익노동조합준비회(左翼
勞動組合準備會) 결성에 가담하여 선전부 일을 맡
았다. 노동운동으로 시작하여 독립운동으로 이어
지는 과정에서 일경에 잡혀 고문 끝에 스물두 살의
나이로 순국의 길을 걸었다. 2010년 애족장
추서.

◀ 스물 두 살의 나이로
순국한 고수복 지사

4

미국 동포의 한 줄기 빛 '공백순'

알로하 땅에서
나고 자란 임

어머니 손 잡고
찾은 조국은

젖과 꿀이 흐르던
유구한 역사의 땅

저들이 짓밟은 겨레 얼
가슴에 새기라고
절규하던 어머니 유언

잊지 않고
이역 땅에서
숨 거둘 때까지
지켜냈다네.

* 공백순

(孔佰順, 1919. 2. 4. - 1998.10.27.)

공백순 지사는 미주지역에서 교민사회의 자치
및 단합을 도모하는 한편, 독립운동 자금을
모아 상해 임시정부를 적극 도왔다. 공백순
지사는 미국 워싱턴, 캐나다 퀘백 등지에서 열린
'한인자유대회'와 '태평양회의'에 참석하여
한국의 독립을 주장하는 연설을 하는 한편,
신문에 한국독립에 관한 글을 게재하는 등
미국 주류 사회에서 교육을 받은 엘리트로서
독립운동에 적극 참여하였다. 1998년 건국포장
수여.

◀ 공백순 지사

5

겨레의 큰 스승 백범 김구 길러 낸 억척 어머니 '곽낙원'

비탈진 언덕길 인천 형무소 터엔 지금
찜질방 들어서 사람들 웃음꽃 피우며 여가 즐기지만
예전 이곳은 백범 어른 잡혀서 사형 집행을 기다리던 곳

국모 살해범 츠치다를 처단한 사형수 아들 위해
고향 해주 떠나 남의 집 식모살이로 밥 얻어
감옥 드나들며 아들 옥바라지하신 어머니

삼남 지방으로 쫓기는 아들
마곡사서 머리 깎고 중 된다고 소식 끊었을 때
애간장 타셨을 어머니

인과 신 어린 손자 두고
먼 이국땅서 눈 감은 며느리 대신하여
빈 젖 물리며 길러 내신 어머니

상해 뒷골목 배추 시래기 주어
애국청년 배 채우고
광복 위해 뛰는 동포 뒷바라지로
평생 등이 굽은 겨레의 어머니

오늘도 허리띠 질끈 동여매고
오른손에 밥사발 든 어머니
겨레에게 건네는 말 나지막이 들려온다

너희가 통일을 이루었느냐!
너희가 진정 나라를 되찾았느냐!

* 곽낙원
  (郭樂園, 1859.2.26. - 1939.4.26.)

곽낙원 자사는 백범 김구 주석의 어머니로 국내
및 중국에서 독립운동에 뛰어들었다. 이국땅의
어려운 살림살이 속에서도 생활비를 절약하여
저축한 돈과 생일축하금으로 받은 돈을 단총
2자루를 구입하도록 내놓을 만큼 조국 광복을
위한 투철한 정신을 지닌 분이다. 1992년 애국장
추서.

6

황거를 폭격하리라,
한국 최초의 여자 비행사 '권기옥'

은단 공장 키 작은 어린 소녀
훨훨 하늘을 날고 싶은 꿈
스미스 아저씨 여의도 상공에서 곡예비행 하던 날
조그만 주먹 불끈 쥐고 꿈꾸었지!

하늘을 날아야겠다
하늘을 날아야겠다

숭의여학교 시절
기숙사 사감 호시코 따돌리고
만세시위 하다가 쫓기던 몸

중국 땅 비행학교 들어가
대륙의 하늘을 날면서
암흑의 조선 땅 바라보며 가슴 태웠지

높은 창공 조종간 돌려
아시아 침략에 눈 벌겋던
일왕의 도쿄 황거 폭격코자
몇 번이나 다짐한 마음
장개석 휘하 혁명군 되어
일본군 상대로 싸우던 11년 세월
꿈에도 놓지 않던 조국 광복의 꿈

군복 벗고 비행기 내려와
백발 할머니 되었어도
카랑카랑하던 목소리
독수리같이 불타던 두 눈동자
큰 날개 접은 적 없는 한국 최초의 여자비행사.

* 권기옥
(權基玉, 1903.1.11. - 1988.4.19.)

권기옥 지사는 1923년, 중국 운남육군항공학
(雲南陸軍航空學校)에 제1기생으로 입학한 이래
중국 서북국민연합군 총사령관 풍옥상(馮玉祥)
휘하 공군에서 한국 최초의 여자비행사로 일했다.
1927년에 장개석 총통이 북벌(北伐)할 때는
동로항공사령부(東路航空司令部)에 가담하는 등,
중국 공군에서 활약하였다. 광복 뒤에는 대한민국
공군 창설에 이바지하였으며 평생 모은 재산을
장학금으로 내놓고 생을 마감했다. 1977년
독립장 수여.

유달산 묏마루에 태극기 높이 꽂은 '김귀남'

동포들아 자유가 죽음보다 낫다
목숨을 구걸치 말고 만세 부르자
졸업장 뿌리치고 교문 밖 뛰쳐나온
열일곱 소녀

무안거리 가득 메운 피 끓는 심장 소리
뉘라서 총칼 겁내 멈춰 서랴

항구의 봄바람
머지않아 불어오리니
삼천리 금수강산에 불어오리니

동무들아
유달산 높은 곳에 태극기 꽂자
가슴가슴마다 조국을 심자

그 깃발 겨레 얼 깊은 곳에
영원히 펄럭이리니.

* 김귀남
(金貴南, 1904.11.17. - 1990. 1.13.)

김귀남 지사는 전남 목포 정명여학교(貞明女學校)
에 재학 중 워싱턴 군비감축회의에서 거론될 한국
독립문제에 대한 한국인의 독립의지를 세계만방
에 널리 알릴 목적으로 같은 학교 학생들, 그리고
사립영흥학교(私立永興學校) 학생들과 함께 태극기
를 만들어 독립만세 시위운동을 펼쳤다. 그러나 이
일로 잡혀 정명여학교를 졸업하지 못하고 퇴학당한
뒤 서울로 올라와 사립학교인 배화여학교(4년제)와
경성제일공립고등여학교(5년제)에 편입하여 학업
을 지속했으며 그 뒤 일본 교토의 동지사대학에
유학하는 등 식민지 조국의 엘리트로 조국독립에
헌신하였다. 1995년 대통령표창 추서.

▲ 사립 배화여학교 시절
　우등상장(1924)

▲ 고운 한복 차림의 김귀남 지사

꽃다운 열여섯 무등산 소녀회 '김귀선'

꽃구름 피어난
무등산 언덕에서
고운 꿈 키워 가던
열여섯 소녀

겨레에 드리운
슬픈 그림자
떨치고 일어서

얼어붙은
동토에 희망의
나래 펼치다가

철창 속에 갇혀
만신창이 되었어도

독립의 그 투혼
굽히지 않았다네.

* 김귀선
(金貴先, 1913.12.19. - 2005.1.26.)

김귀선 지사는 광주여자고등보통학교에 재학
중이던 1929년 5월 비밀결사 조직인 소녀(少女會)
에 가입하여 활약하였다. 1929년 11월 3일
조선인 여학생에 대한 일본인 학생의 희롱이
발단이 되어 광주에서 대대적인 학생항일운동이
일어나자 시위항쟁을 주도하였다. 1993년
건국포장 수여.

▲ 김귀선 지사

▲ 59살 때 받은 명예졸업장

9

댕기머리 열네 살 소녀 목포의 함성 '김나열'

항구의 바람이 짜다고
탓하지 마라

빼앗긴 나라를
훔치고 지나가는 바람이
야속하다고 투정하지 마라

어린 댕기머리 처녀들
줄지어 쇠창살에 갇혔다고
슬퍼하지도 마라

봄 되면 항구로 불어올
따스한 바람타고
외로운 기러기들 서로 등 기대어
날아오듯

정명의 어린 천사들
항구의 등불을 밝힐 것이니
크고 환하게 밝힐 것이니.

* 김나열
(金羅烈, 1907.4.16. - 2003.11.1.)

김나열 지사는 전남 목포정명여학교(貞明女學校)
에 재학 중 워싱턴 군비감축회의에서 거론될 한국
독립문제에 대한 한국인의 독립의지를 세계만방
에 널리 알릴 목적으로 같은 학교 학생들, 그리고
사립영흥학교(私立永興學校) 학생들과 함께 태극기
를 만들어 독립만세 시위운동을 펼쳤다. 2012년
대통령표창 추서.

10

사진 신부로 독립의 노래 부른 '김도연'

고향 땅 진달래꽃 뒤로하고
사진 한 장 달랑 들고
얼굴도 본 적 없는
낭군 맞으러
알로하 땅으로 떠나던 날

태평양 망망대해에서
울부짖던 파도 소리
잊을 수 없어

기억 저편에서
살아나던 처참한 조국의 현실
눈 감지 못해

여자애국단 만들어
광복의 꿈 앞당긴
새색시 열정

고향의 붉은 진달래야
너는 알겠지.

* 김도연
(金道演, 1894.1.28. - 1987.8.12.)

김도연 지사는 미국에서 1919년부터 1945년까지
대한여자애국단(大韓女子愛國團) 맥스웰지부
서기, 로스앤젤레스지부 단장, 애국단 총단(總團)
서기, 딜라노지부 재무, 맨티카 국어학교임원,
딜라노구제회 재무 등으로 활동하며 독립운동
자금을 지원하였다. 2016년 건국포장 추서.

11

신사참배를 끝내 거부한
마산의 잔 다르크 '김두석'

배달겨레 단군의 나라
그 자손들 오순도순 사는 곳에
늑대 탈 뒤집어쓴 왜놈 나타나

아마테라스 천조대신 믿으라
고래고래 소리 내지르며
조선 천지에 신사를 만들더니
고개 조아려 모시지 않는다고
마구잡이 잡아 가두길 벌써 여러 해

제 조상 귀하면 남의 조상도 귀한 법
목숨은 내놓아도
조상신은 못 바꾼다 번번이 호통 치매
돌아 온건 감옥소 차디찬 철창신세

직장도 쫓겨나고
늙은 어머니 굶주려도
홀로 정한 양심의 서릿발
추호의 흔들림 없이
지켜낸 신사참배 거부

민족 자존심 높은 마산의 잔 다르크
그의 공적 돌비석에 없지만
그 이름 석 자 속엔 이미
북두(北斗)의 우뚝함 새겨져 있어

길이 기억되리
곧은 그 절개.

* **김두석**
  (金斗石, 1915.11.17. - 2004.1.7.)

김두석 지사는 마산 사립 의신여학교 교사로
재직하던 중 일제의 신사참배 강요를 완강히
거부하다가 교사직에서 해임 당하였다. 해임
뒤에도 1940년 5월 17일부터 1941년 7월
30일까지 신사참배 거부와 일제의 식민지정책에
저항하다가 5회에 걸쳐 구금당하면서도 자신의
신념을 굽히지 않았다. 1990년 애족장 수여.

12

독립운동가 3대 지켜 낸
겨레의 딸, 아내 그리고 어머니 '김 락'

나라의 녹을 먹고도 을미년 변란 때 죽지 못하고
을사년 강제 조약 체결을 막아 내지 못했다며
스무나흘 곡기를 끊고 자결하신 시아버님

아버님 태운 상여 하계마을 당도할 때 마을 아낙 슬피 울며
하루 낮밤 곡기 끊어 가시는 길 위로했네

사람 천석 글 천석 밥 천 석의 삼천 석 댁 친정 큰 오라버니
백하구려 모여든 젊은이들 우국 청년 만들어
빼앗긴 나라 찾아 문전옥답 처분하여 서간도로 떠나던 날
내앞 마을 흐르던 물 멈추어 오열했네

의성 김 씨 김진린의 귀한 딸 시집와서
남편 이중업과 두 아들 동흠 중흠 사위마저
왜놈 칼 맞고 비명에 보낸 세월

쉰일곱 늘그막에 기미년 안동 예안 만세운동 나간 것이
무슨 그리 큰 죄런가
갖은 고문으로 두 눈 찔려 봉사 된 몸
두 번이나 끊으려 한 모진 목숨 11년 세월
그 누가 있어 한 맺힌 양가(兩家)의 한을 풀까

향산 고택 툇마루에 걸터앉아
흘러가는 흰 구름에 말 걸어본다
머무는 하늘가 그 어디에 김락 지사 보거들랑
봉화 재산 바드실 어르신과 기쁜 해후 하시라고
해거름 바삐 가는 구름에게 말 걸어본다.

* 김락
　(金洛, 1863.1.21. - 1929. 2.12.)

　김락 지사는 1910년 나라를 일본에 빼앗기자
자정(自靖) 순국한 향산(響山) 이만도(李晚燾)
선생의 며느리이자, 1919년 '파리장서' 운동의
주모자로 활동하다가 순국한 이중업(李中業)의
부인으로, 안동군 예안면에서 일어난 만세시위
에 참가하였다. 이 일로 잡혀 고문으로 두 눈을
실명하여 11년을 보냈으며 두 아들 이동흠,이종흠
등도 독립운동에 뛰어드는 등 일가(一家)의 독립
운동은 한국독립운동사에 큰 족적을 남겼다.
2001년 애족장 추서.

13

이화동산에서 독립정신을 키운
유관순 스승 '김란사'

남들 쓰개치마 쓰던 시절
멀고 먼 태평양 바다 건너
푸른 꿈 안고 떠난 유학길

백인 뒤질세라
조선 여인 불굴의 의지
신천지에 굳게 심고
금의환향하던 날

이화동산에서 반기던
배꽃처럼 희고 고운 소녀들

빼앗긴 나라를 되찾으려
호랑이 사감 되어
다독이던 그 굳은 의지
고종황제와 엄비조차 신임하던
우국의 여인

어느 친일분자의 독약에 뜻 못 펴고
이역 땅 북경에서 눈 감았으니

아! 슬프도다.
그 장대한 뜻 끝내 펴지 못함이여.

* 김란사(하란사)

(金蘭史, 1872.9.1-1919. 4. 10.)

김란사 지사는 유관순 열사의 이화학당 스승으로
일본 동경의 경응의숙(慶應義塾)과 미국 오하이오주
웨슬렌대학에서 공부하여 문학사(Artium Magister)
를 딴 대한제국 최초의 여성이다. 김란사 지사는
제1차 세계대전이 끝남과 함께 국제사회에서 제국
주의에 대한 반성으로 인도주의가 부상하는 것과 때
를 같이하여 한국의 독립을 국제사회에 호소할 것을
계획하였다. 이를 위해 1919년 초 파리강화회의에
참석하기 위하여 의친왕(義親王)의 밀칙을 받아 북경
으로 건너갔으나 그만 그곳에서 47살의 나이로 숨을
거두었다. 김란사 지사의 급서(急逝)에는 독살설이 있다.
김란사 지사는 남편 하상기의 성을 따라 하란사로
부르기도 했다. 1995년 애족장 추서.

◀ 김란사 지사

(모바일 아티스트 장홍탁 그림,
서울교육박물관 제공)

14

잠자는 조선 여자 깨워 횃불 들게 한 '김마리아'

황해도 연안 서남쪽 포구
몽금포 해변의 반짝이는 은모래 빛 벗하며
소래 학교에서 꿈을 키우던 가녀린 소녀

서른넷에 돌아가신 아버님 뜻 잇고
세 자매 교육에 정성 들인 어머님 의지 받들어
학문의 높은 문을 스스로 열어젖힌 억척 처녀

흰 저고리 고름 날리며
일본 칸다구 조선기독교청년회관에 모여
칼 찬 순사 두려워 않고
2·8 독립의 횃불을 높이든 임이시여!

그 불씨 가슴에 고이 품고
현해탄 건너 경성 하늘 아래
모닥불 지피듯 독립의지 불붙이며
잠자는 조선여자 흔들어 깨워
스스로 불태우는 장작이 되게 하신 이여!

자유의 여신상 횃불을
높이 치켜들고
뼛속 깊이 갈망하던 독립의 밑거름되어
상하이 마당로 독립군 가슴에
수천 송이 무궁화로 피어나신 이여!

세상을 구원한 예수의 어머니 동정녀처럼
닭 우는소리 멈춘 동방의 조선 땅에
인자한 마리아로 나투시어
미혹의 나라를 밝히고
온 세상에 조선을 심은
한그루 떨기나무 그 이름 김마리아

그대
무궁화동산에서 영원히 지지 않으리.

* 김마리아
(金瑪利亞, 1892.6.18. - 1944.3.13.)

김마리아 지사는 서울 정신여학교를 졸업하고
광주수피아여학교 교사로 재직하였다. 그 뒤 일본
동경으로 건너가 학업을 계속하다가 2·8독립
선언문 수십 장을 가지고 귀국, 1919년 3·1만세
운동에 불을 지폈다.
대한민국애국부인회를 결성하여 회장으로
활약했으며 미국의 파크대학에 수학, 귀국하여
원산의 신학원에서 교사로 근무하다가 1944년
고문의 여독으로 순국하였다. 1962년 독립장
추서.

◀ 김마리아 지사

15

부산 좌천동의 불타는 투혼 '김반수'

꿈 많은 열여섯 소녀
장롱 깊숙이 숨겨둔
혼숫감 옥양목 몰래 꺼내

조국의 얼 새긴
태극기 만들었지

저들이 짓밟은 자유를
되찾기 위해

손발이 잘리고
가슴이 터지는
고통 속에서도

두려움 떨치고
빛 찾을 그날 향해
태극 깃발
높이 들었지.

* 김반수

(金班守, 1904. 9. 19. - 2001. 12. 22.)

김반수 지사는 부산의 일신여학교(日新女學校) 재학 중 학우들과 태극기 100여 장을 만들어 1919년 3월 11일 기숙사를 뛰쳐나와 좌천동 일대에 모인 군중에게 나누어주고 주민 수백 명과 함께 독립만세를 불렀다. 1992년 대통령표창 수여.

16

중경의 혁명여성동맹원으로 활약한 '김수현'

나라 잃은 망국민 되어
낯선 이국땅 중경에서
운명을 같이 한
혁명여성동맹 동지들

혁명은
나약한 틀을 깨는 것
삭아 끊어질
낡은 줄 버리고
단단한
동아줄이 되자고 외친
임 계셔

빼앗긴 겨레의 빛
되찾았어라.

* 김수현

(金秀賢, 1898.6.9. - 1985.3.25.)

김수현 지사는 1940년 중국 중경에서 한국혁명
여성동맹 창립에 참여하고, 1943년부터 조국이
광복을 맞이할 때까지 한국독립당 당원으로
활동하였다. 2017년 애족장 추서.

▲ 김수현 지사 둘째 줄 오른쪽 두 번째
(한국혁명여성동맹 시절. 1940)

17

훈춘에 곱게 핀 무궁화 꽃 '김숙경'

젖먹이 어린 핏덩이 밀치고
남편 간 곳을 대라던 왜놈 순사들

끝내 다문 입
모진 고문으로도 열지 못했지

구류 열흘 만에 돌아온 집엔
엄마 찾다 숨진 아기
차디찬 주검 위로

차마 떠나지 못한 영혼
고추잠자리 되어 맴돌았지

활화산처럼 솟구치던 분노
두 주먹 불끈 쥐고
뛰어든 독립의 가시밭길

아들 딸 남편 모두
그 땅에 묻었어도
항일의 깃발 놓지 않았던
마흔 네 해 삶

훈춘의 초가집 담장 위에
한 송이 무궁화 꽃으로 피어났지.

* **김숙경**
 (金淑卿, 1886.6.20. - 1930.7.27.)

김숙경 지사는 중국 훈춘의 대표적인 독립운동가
인 황병길 지사가 남편으로 부부독립운동가다.
훈춘 지역의 대한애국부인회의 부회장으로
활약했으며 군자금을 모금하여 독립군에게
전달하는 등 조국 독립을 위해 헌신하다 마흔네
살에 숨졌다. 1995년 애족장 추서.

18

한인 동포의 민족 자존심을 드높인 '김순도'

조선인 괴롭히던 데라우치 놈
저를 죽이려 음모했다고
멀쩡한 지식인
600명이나 잡아 가두던 날

스물한 살 처녀 선생
죄 없이 잡혀 가
쇠창살 감옥에 갇혔다네

아이들 사랑한 선생이
무슨 음모 꾸몄다고
일 년이나 잡아넣고 고문질 했나

피멍 든 몸과 마음
깊은 병으로 도져
서른일곱 짧은 생 마감하던 날

하늘에서 내리던
핏빛 빗줄기
처연하여라.

* 김순도
(金順道, 1891 - 1928)

김순도 지사는 데라우치 총독 암살미수 사건에
연루되어 1년여의 옥고를 치르다가 석방되었다.
그 뒤 남만주, 상해, 광동 등지를 옮겨 다니며
비밀문서와 무기의 운반 등 독립운동을 후원하였
으며, 황포군관학교에서 한국인 군관 겸 학생
들을 지원하였다. 1995년 애족장 추서.

19

조국의 희망을 심어준 교육자 '김순애'

조선 역사를 가르치지 말라고
왜놈들 순사 세워 감시해도
초량동 하숙집 다락방 깊은 곳에 숨어
민족혼을 심은 임

상하이 뒷골목
독립군 어린 자식 거두어
한그루 푸른 솔을 심은 뜻은
반만년 역사의 뿌리를 내리려 함이었네

동포의 끔찍한 간도 참상을 듣고
앞장서 도운 이도 임이요
미국 동포에게 손 내밀어
함께 투쟁의 길 독려한 이도 임이었으니

아!
조선, 중화 천지에
임의 손길 닿지 않은 곳이 어디며
임의 사랑 머물지 않은 곳이 그 어디랴!

* 김순애
(金淳愛, 1889.5.12. - 1976.5.17.)

김순애 지사는 독립운동가 김규식 선생의
부인으로 상해 대한애국부인회 회장 등 여성단체
와 독립운동단체의 중요간부로 대한민국
임시정부를 적극 도왔다. 파리 강화회의에
대표를 파견할 목적으로 1919년 1월 서병호
등과 함께 상해에서 새로운 독립운동조직으로
신한청년당을 만들어 이사로 참여하였으며
상해, 만주, 국내를 오가며 한국 청년에게 독립
의식을 드높였다. 1977년 독립장 추서.

◀ 김순애 지사

20

혁명의 강물에 뛰어든 '김 알렉산드라'

우랄산맥 타고 아무르강 절벽으로 불던
한 줄기 바람이여
너는
끓어오르는 붉은 피 감추고
조국의 앞날을 걱정하며 흘리던
혁명가의 눈물을 보았느냐

빼앗긴 조국산하를 어루만지며
동중철도 건설현장에서
우랄산맥의 황량한 벌목장에서
동포를 위해 목숨 바쳐 헌신하던
조선의 혁명가 처녀를 보았느냐

이념의 어두운 골짜기에서
조선을 밝혀줄 횃불을 높이 들던
그 열정의 울부짖음을 들었느냐

아무르강의 바람이여
왜 비통 속에 그토록 처절히
그녀가 죽어가야 했는지
말해다오.
말을 해다오.

* 김 알렉산드라

(1885. 2. 22. ‑ 1918. 9. 16.)

김 알렉산드라 지사는 1914년 말부터 조선인,
중국인 노동자를 대규모로 고용하는 러시아
우랄 지방 뻬름스크 대공장에서 통역관으로
일하면서 노동자들의 권익을 보호하는 데 힘썼다.
1918년 1월 하바로프스크에서 극동인민위원회
외교 인민위원이 되어 러시아 감옥에 수감되어
있던 이동휘 선생의 석방운동을 폈으며 4월
이동휘 선생 등과 함께 반일반제(反日反帝)의
사회주의 노선을 강령으로 채택한 최초의 한인
사회주의정당인 한인사회당(韓人社會黨)을
창립하였다. 그러나 볼셰비키(적군파)였던 김
알렉산드라는 반혁명파(백군파)에 붙잡혀 1918년
9월 서른세 살의 나이로 처형당했다. 2009년
애국장 추서.

▲ 2019년 7월 24일 서울남산국악당,
「박경랑의 춤 기억하며 담다」 공연에서
김 알렉산드라를 추모했다.

21

완산의 봄을 되찾은 '김인애'

완산 칠봉 봄바람 멈춘 지 오래
쓰개치마 속에 감춘
피 끓는 꿈 행여 들킬라

달님도 숨어버린 칠흑 같은 밤
태극기 품에 넣고
시린 별빛 동무하여 걸어가는 길

기미년 삼월 만세 전야
닭 우는 소리 아직
아득하건만

머잖아 찾아올 새벽을 위해
옷깃 여미며
임은
완산의 언 겨울을 녹였었지.

* 김인애

(金仁愛, 다른 이름 최귀물,
1898. 3. 6. - 1970. 11. 20.)

전주 기전여학교(紀全女學校) 재학 중 김공순,
김나현 등 학우 13명과 결사대를 조직하여 거사
당일 정오 미리 준비했던 태극기와 독립선언서를
뿌리며 군중들과 만세시위를 주도했다.
만세시위로 일경에 붙잡힌 이들은 형무소에
수감되었을 때 단식으로 저항하며 독립항쟁의
의지를 불태웠다. 2009년 대통령표창 추서.

◀ 김인애 지사

22

땀 밴 독립자금 광복의 불씨 지핀 '김자혜'

왜적의 간장을 먹지 마라
왜적의 물건도 쓰지 마라
외치던 임

동전 한 닢이라도
조국을 위해 아끼라고
호소하던 임

독립은 입으로
이뤄지지 않고
행동으로 실천하는 것이라고
몸소 앞장서던 임

임이 모은
땀 밴 독립자금

광복의 불씨 되어
활활 타올랐어라.

* 김자혜
  (金慈惠, 1884. 9. 22. - 1961. 11. 22.)

김자혜 지사는 미국 캘리포니아주에서 대한여자
애국단(大韓女子愛國團) 단장과 대한인국민(大韓
人國民會) 등에서 임원으로 활동하였으며 1919년
부터 1945년까지 여러 차례 상해임시정부
에 독립운동자금을 지원하였다.
2014년 건국포장 추서.

종로경찰서에 폭탄 던진 김상옥 어머니 '김점순'

권총으로 삶을 마감한 아들
주검을 확인하는
어미의 가슴 속에
구멍 하나 뻥 뚫렸다

휭하니 불어오던
그 겨울의 모진 바람 한 자락
뚫린 가슴을 휘젓는다

밥이나 배불리 먹였더라면
공부나 원 없이 시켰더라면
죄인 된 어미의 몸뚱이는
이미 주검이다

사랑하는 아들아!
그 목숨 떨궈 서릿발 같은 기상으로
조선인의 투지를 보였으니
너의 죽음이 어찌 헛되랴

이제 눈물을 거두고
의로운 너의 혼에
장한 훈장을 다노라고
절규했을 어머니시여

그대 이름 당당한 조선의 어머님이시라.

* 김점순
(金点順, 金姓女, 1861.4.28. - 1941.4.30.)

김점순 지사는 종로경찰서에 폭탄을 던진 김상옥
(金相玉) 의사의 어머니로 아들의 의열투쟁을
적극 지원하면서 항일투쟁을 펼쳤다. 1995년
대통령표창 추서.

여성이여 비굴치마라 사자후 토한 '김조이'

창원의 딸 푸른 꿈 안고
경성의 다락방에서

헐벗고 무지한 여자들 불러 모아
환난 중인 조국을 일깨웠네.

비바람 역경 속에서도
꺾이지 않고
꿋꿋이 독립의 그 날까지

여성이여 비굴치마라
사자후를 토해내며
독립투쟁 앞장선
불굴의 정신

조국의 이름으로
영원히 기억하리.

* 김조이
(金祚伊, 1904. 7. 5. - 모름)

김조이 지사는 서울 동덕여자고등보통학교에
다니던 중 여자고학생상조회(女子苦學生相助會)에
가입해 1926년 집행위원으로 활동하였다.
1932년 8월, '제2태평양 노사사건(일명 함남공청
사건)'을 주도하였으며 광복 뒤, 1945년 11월
전국인민위원회 대표자대회에 인천대표로
참석했고, 12월 조선부녀총동맹에 가입하였다.
1946년 2월 민주주의민족전선 결성대회에
부녀총동맹 대의원으로 참석하여 중앙위원으로
뽑혔으나 1950년 7월 중순 무렵 서울에서 강제
납북되었다. 2008년 건국포장 추서.

◀ 김조이 지사

일제가 벌벌 떤 의용단의 '김태복'

생활이 보장된 의사의
편안한 삶 뿌리치고
일제도 벌벌 떨었다던 의용단에
뛰어든 임의 용기

단단한 비밀결사조직
행여 끈이라도 풀리는 날엔
너나없이 잡혀 가
죽을 목숨 알면서도

피의 항쟁 두려워 않고
뛰어든 여전사

임이 꿈꾸던 광복의 염원
이뤄지던 날
임 계신 하늘에도 그 소식
전해졌을까?

* 김태복

(金泰福, 1886 - 1933.11.24.)

김태복 지사는 경성부 동대문 부인병원과 평양
기독연합병원의 간호사로 10여 년 근무하다가
의사면허를 따서 대동군 기림리에서 태성의원을
경영하면서 근우회 평양지회와 신간회 평양지회,
예수교청년회, 평양고아원 등 사회단체와 기관에
투신하여 사회사업과 독립운동을 병행하였다.
2010년 건국포장 추서.

26

수원의 논개 33인의 꽃 '김향화'

흰 치마저고리 입고 고종의 승하를 슬퍼하며
대한문 앞 엎드려 통곡하던 이들

꽃반지 끼고 가야금 줄에 논다 해도 말할 사람 없는
노래하는 꽃 스무 살 순이 아씨

읍내에 불꽃처럼 번진 만세의 물결
눈 감지 아니하고 앞장선 여인이여

춤추고 술 따르던 동료 기생 불러 모아
떨치고 일어난 기백

썩지 않은 돌 비석에 줄줄이
이름 석 자 새겨주는 이 없어도

수원 기생 서른세 명
만고에 자랑스러운 만세운동 앞장섰네

김향화 서도홍 이금희 손산홍 신정희
오산호주 손유색 이추월 김연옥 김명월
한연향 정월색 이산옥 김명화 소매홍
박능파 윤연화 김앵무 이일점홍 홍죽엽

김금홍 정가패 박화연 박연심
황채옥 문롱월 박금란 오채경
김향란 임산월 최진옥 박도화 김채희

오! 그대들 수원의 논개여!
독립의 화신이여!

* 김향화
 　(金香花, 1897. 7. 16. - 모름)

 김향화 지사는 수원 기생조합(妓生組合) 출신으로
1919년 3월 29일 수원의 자혜병원으로 건강검진
을 받으러 가던 중 동료 기생 30여 명과 함께 만세
시위를 주도하였다. 2009년 대통령표창 추서.

◀ 김향화 지사

충남 공주의 만세운동 주동자
혹부리집 딸 '김현경'

기마 왜병 말발굽
양반 고을 공주 땅에 휘몰아치매
열아홉 처녀 선생 목숨 걸고 나선 몸
총칼도 두렵지 않네

관순 오라버니 동무해서 부른 만세
휘두른 총칼에 몇 번이고 혼절해도
꺾이지 않는 조선 처녀의 기개
헛되지 않아
되찾은 광복의 기쁨도 잠시

화려한 애국지사 훈장도 없이
홍성의 구멍가게 쓸쓸한 주인 되어
외로이 숨져간 공주의 독립투사

뒤늦은 이승의 빛난 훈장
저승에서 알고 계실까?

* 김현경

(金賢敬, 1897.6.20. - 1986.8.15.)

김현경 지사는 1919년 4월 1일, 충남 공주의 공주장터에서 일어난 만세시위에 참가하여 인쇄된 선언서와 태극기를 군중들에게 나눠주며 적극적으로 시위를 벌였다. 김현경 지사는 천안 출신의 유관순이 서대문형무소에서 순국하자 아펜젤러 목사와 함께 형무소를 찾아가 유관순의 주검을 인수하여 학교장을 치렀다. 1998년 건국포장 추서.

무명지 잘라 혈서 쓴 항일의 화신 '남자현'

나라가 망해 가는데 어찌 집에 홀로 있으랴
핏덩이 아들 두고 늙으신 노모 앞서 죽음 택한 의병장 남편
왜놈 칼 맞아 선연히 배어든 피 묻은 속적삼
부여잡고 울 수만 없어
빼앗긴 나라 되찾고자 떠난 만주 땅

곳곳에 병들고
상처받은 동포들 삶
보살피고 어루만진 따스한 손

왜적 무토노부요시를 응징하고
왼손 무명지 잘라
조선독립원(朝鮮獨立願) 혈서 쓰며 부르짖은 조국광복

만리타향 감옥에서 단식으로 숨 거두며
동지에게 남긴 마지막 한마디 말

'만일 너의 생전에 독립을 보지 못하거든
너의 자손에게 똑같은 유언을 하라'
최후의 한 명까지 남아
조국광복을 기필코 쟁취하라 당부하던 여장부

아!
조선 천지에 이만한 여걸이 어디 또 있으랴!

* 남자현
(南慈賢, 1872. 12. 7. - 1933. 8. 22.)

남자현 지사는 19살 때 영양군 석보면에 사는 김영주와 혼인하였으나 6년 만에 남편이 의병으로 전사했다. 1919년 3월 9일, 만주로 망명, 서로군정서에 참가하여 활약하는 한편 각 독립운동 단체와 군사기관과 농촌 등을 순회하면서 민족의식을 드높였다. 1925년에는 채찬·이청산 등과 함께 일제 총독 사이토 마코토(齋藤實)를 암살 기도하였으며, 1932년 9월에는 국제연맹 조사단 릿톤이 하얼빈에 왔을 때 왼손 무명지를 잘라 피로 "조선독립원(朝鮮獨立願)"이란 혈서를 써서 자른 손가락과 함께 조사단에게 보내 조선의 독립정신을 국제연맹에 호소하였다. 1962년 대통령장 추서.

◀ 남자현 지사

29

총독부와 정면으로 맞선 간호사 '노순경'

내 동포 내 형제
일제의 총칼에 찔려
낭자하게 흘린 피

한 방울도 헛되이 할 수 없어
쓰라린 가슴 부여잡고
함께 흘린 눈물

피맺힌 한 씻어 내고
기필코 나라를 찾으리라
다짐하던 임이시여

흰 가운 붉게 물들 때까지
조국을 찾겠노라
다짐하던 그 맹세

돌보는 이 없이
숨겨간 부모형제의
창백한 주검 앞에

붉은 장미 한 송이
곱게 바치던
나이팅게일의 순결한 사랑
빛 찾은 조국에서
영원하리라.

＊노순경
(盧順敬, 1902.11.10. ‑ 1979.3.5.)

노순경 지사는 노백린 장군의 따님으로 1919년
12월 2일 세브란스병원 간호사로 근무 중 20여
명의 동지와 함께 태극기를 만들어 종묘 앞에서
일제 총독부에 정면으로 대항하는 독립만세
시위를 펼쳤다. 1995년 대통령표창 추서.

◀2019년 2월 20일부터
원주시립중앙도서관에서는
노순경 지사를 비롯한
일가(一家)의 독립운동
역사 전시회가 열렸다.

30

청홍 조각보에 새긴 태극기 꿈 '노영재'

구순 나이 이르도록
청홍조각 잇댄
태극기 품에 안고
모진풍파 견뎌 온길

장강의 푸른 물 따라
떠돌던 수많은 나날

혀 깨물며
천지신명께 맹세한 건
오직 조국 광복의 꿈

멀고도 험한 가시밭길
내딛는 걸음마다

태극의 괘 나침반 되어
기필코 이뤄낸
광복의 환희여.

* 노영재
(盧英哉, 1895. 7.10. - 1991.11.10.)

노영재 지사는 대한민국임시의정원 의장을 지낸
김붕준 지사의 부인으로 1921년 6월 중국으로
건너가 8·15광복에 이르는 25년 동안 임시정부
요인들과 독립투사들의 의식주 문제를 해결하였
다. 또한 1941년 6월 한국혁명여성동맹(韓國革命
女性同盟), 1944년 3월에는 각각 민족혁명당(民族
革命黨)에 가입하여 활약하였다. 1990년 애국장
수여.

31

남에는 유관순, 북에는 '동풍신'

천안 아우내장터를 피로 물들이던 순사놈들
함경도 화대장터에도 나타나
독립을 외치는 선량한 백성 가슴에
총을 겨눴다

그 총부리 아버지 가슴을 뚫어
관통하던 날
열일곱 꽃다운 청춘 가슴에
불이 붙었다

관순을 죽이고 풍신을 죽인 손
정의의 핏발은 결코 용서치 않아
끓어오르던 핏빛 분노
차디찬 서대문 감옥소 철창을 녹이고
얼어붙은 조선인 가슴을 녹였다

보라
남과 북의 어린 열일곱 두 소녀
목숨 바쳐 지킨 나라
어이타 갈라져 등지고 산단 말인가?

남과 북 손을 부여잡고
다시 통일의 노래를 부를
그날까지

님이시여
잠들지 마소서!

* 동풍신
(董豊信, 1904 - 1921.3.15.)

동풍신 지사는 1919년 3월 15일의 함경북도
하가면 화대장터에서 일어난 독립만세 시위에
참여하였다. 함경북도 만세시위 중 최대 인파인
5천여 명의 시위군중이 화대 헌병분견소에서
시위를 벌이다가 일본 헌병의 무차별 사격으로
5명이 현장에서 순국했다. 아버지 동민수 지사
역시 화대장터 만세시위 현장에서 처참하게
숨졌으며 동풍신 지사는 서대문형무소에서
17살의 꽃다운 나이로 순국의 길을 걸었다. 1991
애국장(1983년 대통령표창) 추서.

◀순국선열현충사에 모셔져
있는 동풍신 지사 위패

32

중국인으로 조선의 독립을 외친 '두쥔훼이'

죽음보다 견디기 어려운
겨레의 치욕 앞에
국권 회복을 갈망하던
조선인 친구 되어

중국인의 몸으로
함께 나선 고통의 길

임의 조국은 조선이요
임의 몸도 조선인이라

임의 피울음으로
빛 찾은 겨레여

그 이름 석 자
잊지 말고
천추에 새겨 주소서.

* 두쥔훼이

(杜君慧, 1904 - 1981)

두쥔훼이 지사는 중국인으로 1929년 중국 광주에서 항일 혁명운동을 하던 중 운암 김성숙 (1982.독립장) 선생을 만나 혼인하여 부부가 함께 독립운동에 나섰다. 두쥔훼이 지사는 한·중 양국이 힘을 합쳐 일제를 물리쳐야 한다는 신념으로 1942년 중경에서 한중문화협회 창설에 참여했고, 이듬해부터 대한민국임시정부 외무부 요원으로 활동했다. 또한 1945년 5월 한국구제총회(韓國救濟總會) 이사를 지냈다. 2016년 애족장 추서.

▲ 독립운동가 두쥔훼이, 김성숙 부부

33

광복군 총사령부의 꽃 '민영숙'

도도히 흐르는
장강의 물줄기 타고
임시정부 고된
피난길 따라나선 임

나라 잃은
겨레의 치욕 씻기 위해
창설된 광복군에
스무 살 꽃다운 청춘
아낌없이 바쳤노라

조국 광복의 그 순간까지
빛도 이름도 없이
신명을 다해 바친
그 이름 석 자

조국은 기억하리
영원히 기억하리.

* 민영숙
(閔泳淑, 1920.12.27. - 1989.3.17.)

민영숙 지사는 지사는 1940년 9월 17일 광복군 총사령부에 입대하였다. 1942년 2월 중경에서 임시정부의 법무부 직원으로 파견 근무를 하였으며 1944년 4월에는 임시정부 법무부 총무과에서 일하였다. 같은 해 6월 1일 임시정부 외무부의 정보과원이 되었으며 1944년 7월에는 회계검사원으로 일하는 한편, 대적(對敵) 방송을 맡아 조국이 광복될 때까지 헌신하였다. 아버지 민제호(1990. 애국장), 큰오라버니 민영구(1963. 독립장), 작은 오라버니 민영완(1990.애국장) 등이 모두 독립운동가다.

◀ 민영숙 지사

34

백범에게 힘을 실어준 하와이 '박신애'

상해의 백범 오라비 편지 받고
고난에 처한 임시정부 상황에
남몰래 흘린 눈물
태평양 푸른 바다를 적시었네

사탕수수밭 고된 노역
소금꽃 핀 웃옷 속
낡은 지갑까지 털어
임시정부 살리는 일에 앞장선 임

지금에 와
기억해주는 사람 없어도
백범일지 먹향 속에
마르지 않고 새겨 있다네.

* 박신애
(朴信愛, 1889.6.21.- 1979.4.27.)

박신애 지사는 사진 신부로 하와이로 건너가 애국
부인회를 중심으로 대한민국임시정부에 독립자금
을 지속적으로 도왔다. 이러한 사실은 백범의
『백범일지』에 상세히 소개되어 있다. 중일전쟁이
일어나자 임시정부를 지지하는 한국국민당·한국
독립당·조선혁명당 등 중국 관내 독립운동단체
들이 중심이 되어 한국광복진선(韓國光復陣線)을
결성하였는데 이 조직에는 미주지역의 6개 단체
도 참가하였다. 이때 박신애 지사도 애국부인회의
대표로 광복진선에 참가하였다. 1997 애족장 추서.

▲ 박신애 지사 가족(1945) 앞줄 왼쪽 두 번째

35

옥양목 찢어 태극기 만들던 '박연이'

혼숫감으로 마련해둔
옥양목 찢어

태극무늬 새기며
광복을 꿈꾸던
댕기머리 어린 소녀들

구국의 일념으로
기미년 정오
피울음 토해내며

죽음과 맞바꾼
자유에의 끝없는 갈망

숭고한 광복의 꽃으로
열매 맺었네.

* 박연이

(朴連伊, 1900.2.20.-1945.4.7.)

박연이 지사는 부산의 일신여학교(日新女學校) 재학 중 학우들과 태극기 100여 장을 만들어 1919년 3월 11일 기숙사를 뛰쳐나와 좌천동 일대에 모인 군중에게 나누어주며 군중 수백 명과 함께 독립만세를 불렀다. 2015년 대통령표창 추서.

무등산 소녀회로 왜경을 떨게 한 '박옥련'

무등산 푸른 정기
누천년 흐르는 땅

청운의 꿈동산에
어린아이 불러 모아

아픈 조국의 상처 매만지며
민족의 새살 돋게 한 임은
꿈 많은 열여섯 소녀

그 일로 잡혀
차디찬 감옥에서
모진 박해 견디면서도
독립의 끈 놓지 않던

임 계셔
조국은
광복의 웃음꽃 피웠으리.

* 박옥련

(朴玉連, 1914.12.12. - 2004.11.21.)

박옥련 지사는 광주여자고등보통학교에 재학
중이던 1928년 11월, 장매성·장경례·남협협·
고순례·이금자 등과 함께 조국의 독립과
여성해방을 목적한 항일학생결사조직인 소녀회
(少女會)를 만들었다. 1929년 11월 3일,
광주학생독립만세운동 때에는 소녀회가
앞장서서 만세시위를 도왔다. 1990년 애족장
(1983년 대통령표창) 수여.

37

황해도 재령의 만세운동을 이끈 '박원경'

흰 학이 점지한 땅
백령도의 백의천사

열여덟 꽃다운 나이
두려움 떨치고

황해도 재령땅
만세시위 이끌면서

총칼 든 왜경에
목숨 구걸치 않았으니

그 자태
학처럼 고고하여라.

* 박원경

(朴源炅, 1901. 8. 19. - 1983. 8. 5.)

박원경 지사는 간호사 출신으로 1919년 3월 9일
재령군 재령읍 장날 만세시위를 주도하였다.
동대문부인병원에서 16년 동안 근무하면서
독신으로 독립운동가 가족을 뒷바라지했다.
2008년 애족장 추서.

38

여성의식 향상과 민중계몽에 앞장선 '박원희'

혹한의 눈보라 속
펄럭이는 만장으로 슬픔을 감추고 떠난 임
세 살배기 어린 딸
어이 남기고 서둘러 가셨는가!

많이 배우고 잘난 여자들
일제에 빌붙어 동포를 팔아먹고
더러운 입 놀려 호의호식할 때

배운 여자일수록
구국의 대열에 앞장서라 외치던
서른 해 짧은 생 마감하며 던진 화두

죽어서도 차마 놓지 못할
광복의 그 찬란한 꿈

고이 간직하고 떠나시라고
가시는 걸음걸음 흩뿌리던
하얀 눈송이
희고 순결하여라.

* 박원희

(朴元熙, 1898.3.10. - 1928.1.15.)

박원희 지사는 남편 김사국 지사와 함께 독립운동
에 뛰어들었다. 1923년 남편과 간도 용정에
동양학원을 설립하여 민족교육을 하는 한편,
항일선전문을 나눠주고 폭탄으로 일제 기관
파괴를 계획했다. 귀국 뒤 1924년 5월, 서울에서
여성동우회(女性同友會)를 창립하는 등 여성의
권익향상과 계몽운동에 앞장서다가 서른 살의
나이로 숨을 거두었다. 장례식은 사회단체연합장
으로 치렀으며 1,000여 명의 각계 인사가
참여하여 박원희 지사의 독립정신을 기렸다.
2000년 애족장 추서.

39

삼일운동 1주년
이천만 동포의 정신을 일깨운 '박자선'

독립만세 일주년 축하 격문
가슴 속 고이 품고
대전역으로 치닫던 날

들킬세라
조여 오는 심장의 박동 소리
이천만 동포의 함성이요
피 끓는 염원이라

격문 나르다 잡힌다 해도
초개처럼 버린 목숨
아깝지 않다만

독립 의지 꺾일까
자신을 다독였을
임의 굳센 애국 혼에
옷깃 여미네.

* 박자선

(朴慈善, 1880. 10. 2.7. - 모름)

박자선 지사는 1920년 3·1만세운동 1돌을
맞이하여 학생들의 동맹휴학과 상인들의 철시를
주장하는 경고문을 대전, 대구, 마산 등지로 전달
하다가 붙잡혀 옥고를 치렀다. 2010년 애족장
추서.

40

역사학자 신채호의 동지 '박자혜'

기미년 만세 부르다 총에 맞아
피 흘리며 실려 오는 내 동포
치료한 보람 없이 죽어 나갔네

피 닦으며 치료하던 간호사일 뒤로하고
북경으로 간 뜻은
더욱 큰 독립의 횃불 들려 함이라

동지요 남편이던 꼿꼿한 역사학자
차디찬 여순감옥에서 순국하고
작은아들 배곯아 죽어 갈 때도
조국 광복의 끈을 놓지 않았네

일제 수탈의 원흉 동양척식회사에 폭탄 던진
나석규 투사를 목숨 걸고 도운 일
세상사람 잘 몰라도
이름 내려 한 일 아니니
애달파 마소

꿈에도 놓지 않던 광복 앞두고
고문 후유증으로 눈 감던 날
응어리진 한(恨) 위로
무서리만 저리 내렸네.

* 박자혜
  (朴慈惠, 1895.12.11. - 1944.10.16.)

박자혜 지사는 간호사 출신으로 남편 단재
신채호 선생과 함께 독립운동에 뛰어들었다.
조선총독부 부속병원 조산원으로 근무하던 중
간우회(看友會)를 중심으로 독립만세 시위를
펼쳤다. 1990년 애족장(1977년 대통령표창)
추서.

41

조선 여공의 횃불 '박재복'

미쓰이 대재벌 공장서
어리디 어린 소녀들

노동력 착취로
시름에 겨워할 때

처진 어깨 다독이며
푸른 꿈 심어준 임

임의 위로로
삶의 희망 얻었고

임의 저항으로
소녀들 권리 찾았으니

임은
조선 여공의 횃불이어라.

* 박재복
(朴在福, 1918.1.28. - 1998.7.18.)

박재복 지사는 군시제사주식회사(郡是製絲株式
會社) 대전공장에서 노동자로 일하면서 동료들
에게 조선의 독립 의지를 심어주고 항일의식을
드높였다. 조선이 곧 빛을 찾을 거라는 이른바
유언비어 유포죄로 1941년 10월 29일 전주지방
법원에서 육군 형법 위반으로 금고 1년을 받았다.
2006년 애족장 추서.

42

부산이 낳은 대륙의 들꽃 '박차정'

흙 담장 위로 호박순이 소리 없이 기어오르고
하늘은 비를 뿌릴 듯 먹구름 드리웠다
임 계실 리 없겠지만
동래 칠산동 생가 텅 빈 기와집 안채 뜨락엔
때 이른 흰나비 한 마리 날고 있다

임도 나비 되어 고향 땅 찾았을까?
툇마루 걸터앉은 나그네 곤륜산 하늘을 더듬는다

부산의 조숙한 문학소녀
경술국치 치욕의 날 자결한 아버지 뒤를 이어
타오르던 항일 투지 끝내 의열단 투신했었지

톨스토이와 투르게네프를 사랑하는
조선의 피 끓는 혁명가와 맺은 언약
신방에 타오르는 촛불 우국의 횃불 삼아
대륙을 휘저으며 일제에 대적하던 여장부

곤륜산 피 튀는 전투에서 마감한 서른네 해 삶
왜적의 총칼에 날개 꺾였으나
나라사랑 마음 생사 따라 변하지 않아

조국의 빛 찾던 날
피 묻은 속적삼 가슴에 품고
고향 땅 돌아온 남편 슬픔 삭일 때

긴 가뭄 끝
밀양 감전동 하늘에 때맞춰 내리던 단비
대지에 피처럼 스며들던 불굴의 투지였어라.

* 박차정
(朴次貞, 1910.5.7. - 1944. 5.27.)

박차정 지사는 부산 일신여학교에 재학 중 조선
청년동맹 및 근우회 동래지부 회원, 동래노동조합
조합원, 신간회 동래지회 회원으로 활동했다.
그 뒤 1930년 2월 중국 북경으로 망명하여
1931년 의열단장 김원봉을 만나 혼인하고 의열단
단원으로 활동하였다. 1938년 10월 조선의용대
가 창설되자, 조선의용대 부녀복무단을 조직하고
단장으로 뽑혀 항일무장투쟁에 참여하다가
1939년 2월 강서성 곤륜산에서 일본군을 상대로
전투를 하던 중 부상을 당하였다. 부상 후유증
으로 1944년 5월 27일 중경에서 숨을 거두었다.
1995년 독립장 추서.

▲ 동래일신여학교 재학 중 박차정 지사(원 표시 부분)

43

대한민국임시의정원 홍일점 여장부 '방순희'

장강에 도도히 흐르는 물결 거스름 없이
기강 토교 중경 발길 닿아 머무르는 곳
따스한 봄바람 되어 이웃을 감싸주던 임

조국을 되찾는 일에
쟁쟁한 독립투사와 어깨를 나란히 하고
단상에 서서 독립을 염원하던 그 자태
그 씩씩함
겨레의 든든한 맏누님 되신 이여!

어루만진 동포의 쓰라린 가슴이 몇몇이며
따뜻하게 감싸주던 고독한 독립투사
또 몇몇이랴

사나이 태어나 이루지 못할 대업
여장부 몸으로 당당히 살아낸 세월
그 늠름하고 당찬 모습
조국이여
오래도록 잊지 마소서.

* 방순희

(方順熙, 1904. 1. 30. - 1979. 5. 4.)

방순희 지사는 정신여학교 출신으로 1919년
3·1만세운동이 일어나자 여성계몽운동에 앞장서
활동하다가 상해로 망명하였다. 1938년 대한민국
임시의정원(지금의 국회)에서 최초의 여성으로
함경남도 대의원에 뽑혀 1945년까지 입법 활동과
독립운동을 지속하였다. 1963년에 독립장 수여.

◀ 방순희 지사

44

여문 손끝으로 군자금 모은 '백신영'

나라 없는 설움
뼛속에 사무쳐
애국부인들 똘똘 뭉쳤네

여문 손끝으로
한 땀 한 땀 수놓은 수예품
독립의 디딤돌이요

가슴 깊이 벼린
항일의 투지
쇳물 녹이는 용광로였네.

* 백신영

(白信永, 1889.7.8. - 모름)

백신영 지사는 1919년 비밀결사 대한민국애국
부인회(大韓民國愛國婦人會)에 가입하여 항일
독립운동을 펼쳤다. 이 모임은 기독교회·학교·
병원 등을 이용하여 조직을 전국적으로 확대 하면
서 회원들의 회비와 수예품 판매를 통해 독립운동
자금을 모아 상해 임시정부를 지원하였다.
1990년 애족장(1963년 대통령표창) 추서.

비바리의 함성을 이끈 '부덕량'

비바리 거친
숨비소리 참아 내며
건져 올린 꿈

산산이 박살 낸 자들
더는 두고 볼 수 없어

스물여덟 꽃다운 목숨과 바꾼
세화리 장터의
피맺힌 탐라의 절규

뉘라서 알랴?
그 투혼 광복의 꽃으로 피어난 것을!

* 비바리 : 바다에서 해산물을 따는 일을 하는 처녀
* 숨비소리 : 해녀들이 작업하다 물 위로 고개를 내밀고
　　　　　'호오이'하며 길게 내쉬는 숨소리

* 부덕량

(夫德良, 1911.11. 5. - 1939.10.4.)

부덕량 지사는 해녀로 1932년, 제주도 구좌면
에서 제주도해녀조합의 부당한 침탈행위를
규탄하는 시위운동을 주도하였다. 이들은 또한
일경이 제주도 출신 독립운동가들을 잡아들이려
하는 것을 몸으로 맞서 저지하는 등 독립투쟁에
적극적으로 참여하였으며 이 일로 잡혀 들어가
고문 후유증으로 28살의 꽃다운 나이로 숨을
거두었다. 2005년 건국포장 추서.

46

빗창으로 다구찌 도지사 혼쭐낸
제주 해녀 '부춘화'

물질하던 옷 벗어 말리며
가슴 저 밑바닥 속
한 줌 한을 꺼내 말리던
불턱에 겨울바람이 일고 있소

비바람 눈보라 치는 날
무자맥질 숨비소리 내뱉으며
거친 바닷속 헤매며 따 올린 처녀의 꿈

짓밟고 착취하며
검은 마수의 손 뻗치려던 도지사 다구찌 놈
보란 듯이 빗창으로 혼쭐내던
세화리 장터의 억척 여인이여!

그대의 분노로
저들의 야수는 꺾이었고
그대의 피 흘림으로
조국 광복은 한발 앞서 이뤄졌나니

평화의 섬 제주를 찾는 이들이여!
세화민속오일장 한 접시 회 마주하고
부디 얘기해주소
해녀 부춘화의 간담 서늘한 독립투쟁 이야기를!

* 불턱 : 해녀들이 물 밖으로 나와서 모닥불을 지피고
　　　 젖은 옷을 말리는 곳
* 빗창 : 전복을 딸 때 쓰는 쇠갈고리

* 부춘화
(夫春花. 1908.4.6. - 1995. 2.24.)

부춘화 지사는 해녀로 1932년, 제주도 구좌면
에서 제주도해녀조합의 부당한 침탈행위를
규탄하는 시위운동을 주도하였다. 부춘화 지사는
해녀들의 권익을 되찾기 위해 김옥련, 부덕량
등과 함께 도지사인 다구찌 (田口禎熹)와 담판을
벌여 요구조건을 관철했다. 2003년 건국포장
추서.

◀ 부춘화 지사

중국인으로 독립에 뛰어든 '송정헌'

절강성 항주의 아름다운
천하 절경 뒤로하고

조선인 남편 따라
조선독립에 뛰어들어

가시밭길 걸어 온
한평생의 삶

구순의 나이로
남경의 한 병원서
쓸쓸히 숨 거두던 날

갓 피어난 봄꽃들만
가시는 길
환하게 비추었네.

* 송정헌

(宋靜軒, 1919. 1.28. - 2010. 3.22.)

송정헌 지사는 중국인으로 백범 김구 주석의
경호원이었던 유평파 선생이 남편이다. 1938년
중국 유주에서 한국광복진선청년공작대(韓國光
復陣線靑年工作隊)가 조직되자 대원으로 입대하여
적후방 공작을 하며 첩보원으로 활동하였다.
1940년 6월 17일 한국혁명여성동맹(韓國革命
女性同盟) 창립 요원으로 동맹의 발전을 위하여
활동하였으며, 1944년 한국독립당(韓國獨立黨)의
일원으로 1945년 광복될 때까지 뛰었다. 1990년
애족장 수여.

48

병약한 몸 이끌고 독립의 노래 부른 '신의경'

금지옥엽으로 기른 귀한 딸
왜경의 군홧발에 치어
학교 안에서 잡혀가던 날

담담히 수갑 차고 돌아서던
병약한 외동딸 다신 못 보고
무더위 속 가슴 앓다
끝내 숨져간 어머니

쇠창살 속에서 오매불망
그리던 어머니
영정으로 만나

어머니 몫까지 독립 의지 다지며
묵묵히 걸어온 고난의 길

천국의 어머니도 장하다
웃음지으시겠지.

* 신의경

(辛義敬, 1898. 2.21. - 1997.8.11.)

신의경 지사는 정신여학교 시절, 1919년 비밀
결사조직인 대한민국애국부인회(大韓民國愛國婦
人會)에 가입하여 항일독립운동을 펼쳤다. 이모임
은 기독교회 · 병원 · 학교 등을 이용하여 조직을
전국적으로 확대하면서 회원들의 회비와 수예품
판매를 통해 독립운동 자금을 모아 상해 임시정부
를 지원하였다. 1990년 애족장(1963년 대통령
표창) 수여.

▲ 대구감옥소 동지들 1 김영순 2 황애덕 3 이혜경
　4 신의경 5 장선희 6 이정숙 7 백신영
　8 김마리아 9 유인경 (사진 연동교회 제공)

49

백범이 인정한 여자광복군 1호 '신정숙'

물설고 낯선 망명의 땅
전투공작대원 시절
망국노라 놀리던 중국 장교
흠씬 두들겨 패준 여걸

상덕 수용소 포로 되어 갇혔어도
절망치 않고
생명의 은인 백범 만나
뛰어든 여자광복군 군번 1호

거친 옷 거친 밥에
지치기도 하련만
솟구치는 그 열정은
하늘이 내린 천성!

빼앗긴 조국을 되찾는데
남녀 구별 있을 수 없어
총 메고 거침없이 뛴 세월
광복으로 열매 맺었네.

* 신정숙
(申貞淑, 申鳳彬, 1910. 5.12. - 1997.7.8.)

신정숙 지사는 광복군으로 활약했으며 남편 장현근과 함께 부부독립운동가다. 중국의 장개석은 '한 명의 한국 여인이 천 명의 중국 장병보다 더 우수하다'고 극찬할 정도로 광복군에서 대활약을 했다. 1990년 애국장(1977년 건국포장) 수여.

▲ 둘째 줄 왼쪽에서 세 번째가 신정숙 지사

임신한 몸으로 첩보활동 앞장선 '신정완'

산서성 호로촌 첩보원 시절
낯설고 물선 땅
신혼의 단꿈도 접고

빗발치는 총성 속에
적과 마주할 땐
이미 각오한 목숨

살자고 따른 길 아니니
두렵지 않다만

영양실조로
갓 태어난 핏덩이
먼저 보내고

병든 몸 추슬러
독립에 바친 열정
하늘은 알리라.

* 신정완

(申貞婉, 1916. 4. 8. - 2001. 4.29.)

신정완 지사는 해공 신익희 선생의 따님으로 중국
에서 활약하였다. 1937년에 조선민족혁명당에
가입하여 독립운동에 참여하였으며, 1939년 부터
1941년까지 산동성 제2전구 사령부에 공작원
으로 파견되어 지하공작 첩보 활동을 하였다.
남동생 신하균, 남편 김재호 지사도 독립운동으로
서훈을 받았다. 1990년 애국장(1980년 건국포장)
수여.

51

독서회로 소녀의 꿈 키운 '심계월'

함경도 갑산의 열세 살 소녀
푸른 꿈 안고 경성에 올라와

따뜻이 반기는 이 없어도
배움의 끈 놓지 않았지

또래 친구들
옹기종기
독서회에 불러 모아

노동력 착취하는
일제의 흉계 응징하며

어린 여공
권익 지켜낸 임의 쾌거
조선 여공사에 길이 남으리.

* 심계월

(沈桂月, 1916.1.6. - 모름)

심계월 지사는 함남 삼수공립보통학교를 마치고
경성으로 올라와 경성여자상업학교에 재학 중
교내 독서회를 조직하여 독립의식을 높이고
신사상 연구와 동지를 모으는 일을 지속했다.
1933년 1월 무렵, 본격적으로 공산주의 운동에
전념하게 되었다. 1934년 5월, '코민테른 제13회
테제'를 지침으로 한 사회주의운동을 통한
독립운동에 더욱 힘썼다. 2010년 애족장 추서.

52

평남도청에 폭탄 던진 당찬 임신부 '안경신'

토지수탈 앞잡이 동양척식회사에 폭탄 던진 나석주
조선인 잡아 가두던 종로경찰서에 폭탄 던진 김상옥
상해 홍구공원 대 쾌거 윤봉길
도쿄 황거 앞에서 폭탄 던진 김지섭, 이봉창 의사

제국주의 무모한 만행 더는 두고 볼 수 없어
여자의 몸 뒤질세라
치마폭에 거사 이룰 폭탄 몰래 숨겨 들여와
신의주 철도호텔, 의천경찰서, 평남도청에
폭탄 들어 힘껏 던지던 날
하늘도 놀라고 땅도 놀라고 온 천지가 부들부들 떨었다네

갓 낳은 핏덩이 끌어안고
왜경에 잡혀 철창 속에 갇혀서도
빼앗긴 나라를 되찾는 게 무슨 죄냐고
쩌렁쩌렁 호령하던 열사

출옥 후 핏덩이와 간 곳 알 수 없지만
어느 이름 모를 곳에서 또
힘차게 대한독립만세 외치며
그 투지
불태웠을 테다
불태웠을 테다.

* 안경신
(安敬信, 1888.7.22. - 모름)

안경신 지사는 "3·1만세운동 때도 참여하였으나
그때는 큰 효과를 내지 못했다. 나는 일제 침략자
를 놀라게 해서 그들을 섬나라로 철수시키는
방법이 무엇인가를 곰곰 생각해보았다. 그것은 곧
무력적인 응징 방법으로 투탄(投彈), 자살(刺殺),
사살(射殺) 같은 1회적 방법이 효과가 있을 것으로
믿고 있다."고 했다. (1920.11.4. 고등경찰 2-
33902) 안경신 지사는 그때까지 일제에 투항하던
방법을 앞으로는 달리해야 한다고 생각하고
광복군총영(光復軍總營)에서 국내에 결사대를
파견하게 되자 제2대에 참가하는 등 자신의
신념을 실천으로 옮겼다. 1962년 독립장 추서.

▲ 여자폭탄범이란 기사로 안경신 지사를
대서특필한 동아일보 (1921.5.2.)

53

개성 3·1 만세운동을 쥐고 흔든 투사 '어윤희'

가녀린 여자에게 수갑을 채우지 마라
수갑 들고 군화발로 잡으러 온 순사
호통치며 물리친 여장부

동학군 앞장선 남편
신혼 3일 만에 왜놈 칼에 전사한 뒤
나선 독립투사 길

저 앙큼한 년
저년을 발가벗겨라
협박 공갈하는 순사 놈 앞에 서서
스스로 홀라당 옷을 벗은 그 용기

이화학당 어린 유관순과 함께 잡혀
먹던 밥 덜어주며
삼월 하늘 우러러 보살핀 마음

만세운동으로
군자금 모집으로
애국계몽운동으로
헐벗은 고아의 어머니로 살아낸
꺼지지 않는 불꽃

여든 해 삶 마치고 돌아가던 날
내리던 희고 고운 눈 순결하여라.

* **어윤희**
  (魚允姬, 1880.6.20. - 1961.11.18.)

어윤희 지사는 "새벽이 되면 누가 시켜서 닭이
우냐. 우리는 독립의 때가 되어 궐기한다."면서
만세시위로 잡혀 들어가서도 일경에 호통을 쳤다.
어윤희 지사는 1919년 2월 26일 개성읍내 호수돈
여자고등보통학교 기숙사에서 권애라로부터
독립선언서 80여 장을 받아 개성 지역 주요 인사
들에게 전달하는 등 개성 만세시위를 주도했다.
1995년 애족장 추서.

◀ 어윤희 지사

54

애국가 부르며 초모공작에 몸 던진 '엄기선'

수천년 이어온 나라 잃고
망국노로 떠돌던
유랑의 세월

고통의 바다에서
흘린 눈물 얼마더냐

드넓은 중국 땅
이르는 곳마다
목 터져라 애국가 부르며

초모공작에 뛰어들어
조선 독립 외친
임이 아니었다면

빛 찾은 조국에서
어찌 선열들
얼굴 뵈었으랴.

* 초모공작 : 의병이나 군대에 지망하는 사람을 모집하는 일

* 엄기선
(嚴基善, 1929.1.21. - 2002. 12.9.)

엄기선 지사는 임시정부에서 활약한 아버지 엄항섭과 어머니 연미당 지사의 따님으로 중국에서 떠돌이 삶을 다음과 같이 증언했다.
"중국에서 중학교 1학년 때 선생님이 아버지 직업이 뭐냐고 물었을때 독립운동 한다는 말을 못 하겠더라구요.고향이 어디냐는 말에도 대답을 못하고 엉엉 울었던 생각이 납니다." 엄기선 지사는 한국광복군의 전신인 한국광복진선청년전지공작대(韓國光復陣線靑年戰地工作隊)에서 활약했다. 1993년 건국포장 수여.

▲ 엄기선 지사 앞줄 오른쪽 첫 번째

55

광활한 중국 대륙 여자 광복군 '오광심'

대륙의 찬바람 속 광복이 무엇이더냐
변절자의 방화로 심한 화상 입고 바위굴 숨어들 때
놀란 박쥐들 퍼덕이며 날아갔었지

어제는 유화현 삼원포 민족교육 겨레 혼 심고
오늘은 눈보라 속 독립군 행진에 앞장선 이여
북녕 철로 산해관 넘어 북만주 땅 찾아가는 길
철통같은 일본군 수비대 따돌리고자
중국인 아낙으로 변장이야 했다지만
품속의 비밀문서 들킬까 봐 통째로 외워버린 지략

만주에서 불호령 치던 유격대 출신 높은 기개
안휘성 부양에서 지하공작 선봉장 되어
열대여섯 어린 독립군 보듬으며
광복군 후예 길러 낸 자상한 맏언니

해방된 조국에서 금의환향 바란 바 없지만
대륙을 호령하던 열혈 독립투사
빛 찾은 고국에서 갈 곳 없어 떠돌다
차디찬 골방에서 숨겨갈 줄이야.

* 오광심

(吳光心, 1910.3.15. ‐ 1976.4.7.)

오광심 지사는 광복군 출신으로 남편 김학규 지사와 부부독립운동가다. 광복군의 전신인 한국 광복진선청년전지공작대(韓國光復陣線靑年戰地 工作隊)에 자원하여 활동하였으며 1940년 9월 17일 중경에서 광복군이 창설되자 입대하여 제3지대에서 간부로 남편 김학규 지사화 함께 활약하였다. 1977년 독립장 추서.

56

칠순 노구로 독립을 목청껏 외친 '오신도'

기미년 만세운동에 앞장서다
칠순의 노구로 철창에 갇힌 몸

왜경의 고문이 두려웠다면
만세운동 앞장섰겠나

고문으로 살 태우는
냄새 가득한 형무소 안

혼절 속에 들려오는
대한의 아들딸
외치는 피울음 소리

가슴에 대못되어
박히지나 않았을까?

* 오신도
(吳信道, 1852.4.18. - 1933.9.5.)

오신도 지사는 대한민국임시정부의 의정원 의장을 지낸 손정도 지사의 어머니이며 손진실은 손녀로 모두 독립운동을 인정받아 정부로부터 서훈을 받았다. 오신도 지사는 1920년 5월 평양에서 대한애국부인회를 조직하고 본부 총재로 대한민국임시정부 후원, 군자금 모금, 배일사상 드높이는 일에 앞장섰다. 2006년 애족장 추서.

고양 동막상리의 만세 주동자 '오정화'

임진년 행주대첩 아낙들
행주치마에 돌 나르며
왜군을 물리친 땅

즈믄해 흐르는 강
행주나루 동막상리 흥영학교
스무 살 처녀 선생
가갸거겨 가르치며
조국의 민족혼 심던 이여

빼앗긴 나라를 되찾고자
분연히 일어난 기미년 만세 날에
태극기 휘날리며 코흘리개 아이들과
목 놓아 부르던 광복의 노래

아이들 다칠세라 혼자서 짊어진 짐
서대문형무소 차디찬 철창 안에서
모진 고문 견뎌내며 지새운 나날

조국의 독립을 위해
기꺼이 내놓은 목숨
그 불굴의 의지
꿋꿋한 기개
그대 늠름한 조선의 따님이시라.

＊오정화
(吳貞嬅, 1899.1.25. - 1974.11.1.)

오정화 지사는 1919년 3월 5일 경기도 고양군
용강면 동막상리에서 펼쳐진 만세시위에
참가하였다. 오정화 지사는 동지 정호석으로부터
만세운동에 동참할 것을 권유받고, 흥영학교
직원과 학생 10여 명을 이끌고 학교에서부터
용강면 공덕리까지 행진하면서 독립만세를
불렀다. 2001년 대통령표창 추서.

▲ 오정화 지사는 대구에 묻혀있다가 2013년 7월 3일
　가족들에 의해 대전국립현충원으로 이장했다.
　(애국지사 묘역 1-1-484)

58

김좌진 장군과 함께 뛴 만주의 여걸 '오항선'

아이업고 말 타던
만주의 여걸

김좌진 장군과
어깨를 맞대고

독립의 최전선을
누비며 일군
광복의 기쁨도 잠시

반기는 이 없는
쓸쓸한 조국 땅에서

정처 없이 떠돌다
아흔여덟
고단한 생 마감한
외로운 독립투사

뉘 있어
불타던 그 투혼
기억해줄까?

* 오항선
(吳恒善, 1910. 10. 3. - 2006. 8. 5.)

오항선 지사는 열여덟 살 때부터 만주에서 김좌진 장군의 부하로 무기운반과 은닉 그리고 연락책임을 도맡아 했다. 1930년 1월 24일 김좌진 장군이 암살당하자 동지들과 함께 복수전을 계획하는 한편 적의 동향을 탐지하여 9월에는 고강산 · 김수산 등과 함께 하얼빈 주재 일본영사관을 습격하였다. 1990년 애국장(1977년 건국포장) 수여.

◀ 오항선 지사

59

조국의 어둠을 걷어 낸 광복군 '오희영'

화탄계 냇물에 비친 하늘
먹구름 걷히어 맑고 맑구나
물 건너 신한촌 옹기종기 모인 동포들
콩 한 쪽도 나누며
나라 사랑 실천하며 살아갔지

이역만리 고향 땅 기약 없이 떠나온
의병장 명포수 할아버지 뒤를 이어
아버지 어머니 남편 여동생까지
독립의 끈으로 묶인 나날들

유주 부양 중경으로 터 바꾸며
열여섯 소녀 광복군 되어
굴곡과 고난의 가시밭길 걸어간 자리

해마다 잊지 않고 피어나는
챠우쉔화 꽃향기 속에
살아나던 독립 의지
하늘에 닿았으리.

* 화탄계 : 임시정부요인들의 가족이 살았던 중국 중경 근처 토교의
　　　　신한촌 앞을 흐르는 냇물

* 챠우쉔화(朝鮮花) : 조선의 독립을 보지 못하고 중국 땅에서 죽어간
　　　　사람들의 무덤에 핀 노란 들국화를 현지인들이
　　　　애처로워 부른 이름

* 오희영

（吳熙英, 1924.4.23. - 1969.2.17.）

오희영 지사는 할아버지대(代)부터 '3대가 독립
운동을 한 일가'에서 태어나 1939년 4월 중국
유주에서 결성된 한국광복진선청년공작대(韓國
光復陣線靑年工作隊)에 입대하였으며 1940년
한국광복군이 창설되자 오광심·김효숙 등과 함
께 여군으로 입대하여 제3지대 간부로 활동하였
다. 남편 신송식도 함께 광복군으로 활약한 부부
독립운동가다. 명포수 출신인 할아버지 오인수
의병장(1867 - 1935), 중국 서로군정서에서 활약
한 아버지 오광선 장군(1896 -1967), 만주에서
독립군을 도우며 비밀 연락 임무를 맡았던 어머니
정현숙 (1900 - 1992), 동생 오희옥 (1926- 생존)
등 온 가족이 독립운동에 뛰어든 집안이다.
1990년 애족장(1963년 대통령표창) 추서.

▲ 둘째 줄 왼쪽 세 번째가 오희영 지사

60

용인의 딸 열네 살 광복군 '오희옥'

저만치 발아래 류쩌우 시내가 육십 년대 사진첩 속 그림처럼 어리고
그 어딘가 열네 살 소녀의 씩씩한 군가가 들려올 듯하다.

용인 느리재의 명포수 할아버지 의병장으로 나선 길 뒤이어
만주벌을 쩌렁쩌렁 호령하던 장군 아버지
그 아버지와 나란히 한 열혈 여자 광복군 어머니
그 어머니의 꽃다운 두 딸 희영 희옥 자매
광복진선 청년공작대원되어 항일연극 포스터 붙이러
어봉산 도락암 공원에도 자매는 다녀갔을까?

열네 살 해맑던 독립소녀 팔순 되어 사는 집
수원 대추골 열세 평 복지 아파트 찾아가던 날
웃자란 아파트 정원 은행나무 그늘에 앉아
낯선 나그네 반겨 맞이하던 팔순 애국지사

흑백 사진첩 속
서간도 황량한 땅 개척하며 독립 의지 불사르던
오씨 집안 3대 만주벌 무용담 자랑도 하련마는
손사래 절레절레 치는 수줍은 여든여섯 광복군 소녀

그 누구 있어 치열한 3대의 독립운동사를 책으로 쓸까?
욕심 없이 아버지 유품을 내보이며 들꽃처럼 미소 짓던
해맑은 영혼 그 눈동자에 비치던 우수 어린 한 점 이슬

아직도 광복의 영광 새기지 않는 조국
전설 같은 독립의 이야기 찬란히 다시 꽃피울 때
꿈 많던 용인의 열네 살 광복군 소녀의
서간도 이야기 만천하에 들꽃처럼 피어나리라.

* 오희옥
(吳姬玉, 1926. 5. 7. - 생존)

▲ 오희옥 지사

오희옥 지사는 민영주, 유순희 지사와 함께 생존 애국지사 가운데 한 분이다. 오희옥 지사는 할아버지대(代)부터 '3대가 독립운동을 한 일가'에서 태어나 1939년 4월 중국 유주에서 결성된 한국광복진선청년공작대(韓國光復陣線靑年工作隊), 1941년 1월 1일 광복군 제5지대(第5支隊)에서 광복군으로 활약했으며 1944년에는 한국독립당(韓國獨立黨)의 당원으로 활동하였다. 명포수 출신인 할아버지 오인수 의병장(1867-1935), 중국 서로군정서에서 활약한 아버지 오광선 장군(1896 -1967), 만주에서 독립군을 도우며 비밀 연락임무를 맡았던 어머니 정현숙 (1900-1992), 광복군 출신 언니 오희영 (1924-1969)과 한국광복군 총사령부 참령(參領)을 지낸 형부 신송식(1914 -1973)등 온 가족이 독립운동에 투신한 집안이다. 현재(2019.7.16.)는 서울중앙보훈병원 재활병동에 입원 중이시다. 1990년 애국장 수여.

61

우뚝 솟은 관모봉 정기 받은 '윤선녀'

관모봉에 우뚝 솟은
두 봉오리
선녀 천녀 자매런가

항일격문 짓고
태극기 만들어
청진학교 만세시위 이끈
두 자매

관모봉 메아리 되어
민족혼으로
울려 퍼졌네.

* 윤선녀

(尹仙女, 1911.4.18. - 1994.12.6.)

윤선녀 지사는 함경북도 회령 보흥여학교 재학 중에 광주학생운동을 지지하는 만세시위를 주도 하였다. 윤천녀(1908.5.29.-1967.6.25.)지사는 윤선녀 지사의 언니로 이들은 자매 독립운동가다. 1990년 애족장(1986년 대통령표창) 수여.

62

만세운동으로 팔 잘리고 눈먼
남도의 유관순 '윤형숙'

베니스의 상인을
무대에 올리던
꿈 많던 열아홉 처녀

기미년 그해
높이든 태극기 찢기고
팔 잘리고
눈마저 찔렸어라

하나뿐인 목숨 걸고
꽃다운 청춘도 오롯이 바친
자유 향한 임의 피 울음

겨레의 가슴 속에
붉은 꽃으로
영원히 피어나리.

* 윤형숙

(尹亨淑, 1900. 9. 13. - 1950. 9. 28.)

윤형숙 지사 묘비에는 "왜적에게 빼앗긴 나라
되찾기 위하여 왼팔과 오른쪽 눈도 잃었노라.
일본은 망하고 해방되었으나 남북, 좌우익으로
갈려 인민군의 총에 간다마는 나의 조국 대한민국
이여 영원하라."는 글귀가 쓰여 있다. 윤형숙 지사
는 광주 수피아여학교 출신으로 3월 10일 전남
광주의 장날을 이용하여 독립선언서를 인쇄하는
등 만세시위에 앞장섰다. 만세 당일 일경에 의해
왼쪽 팔이 잘려 태극기를 쥔 손이 땅바닥에 뒹굴
었는데 이 모습은 현재 여수 이순신 공원 항일열사
기념탑에 부조로 새겨져 있다. 2004년 건국포장
추서.

▲ 만세운동 때 윤형숙 지사의 잘린 팔이 새겨진
　여수 이순신공원 항일열사기념탑

안사람 영혼 일깨운
춘천의 여자 의병대장 '윤희순'

관천리 임 뵈러 가는 하늘 푸르고
노오란 오월 애기똥풀 반기는 무덤

잔잔한 홍천강 물살 가르는 모터보트 저 친구들
여기 이 언덕
구국의 일념으로 온몸 바친
여장부 영면을 방해치 마라

바람 앞에 흔들리는 조국
안사람들이여 일어나라
며느리들이여 총을 메라
가서 아들을 돕고 남편의 뒤를 따르라

가정리 여우내골 여자 의병 키운 힘
중국 땅 환인현 노학당 학교 세워
쟁쟁한 독립군 키워낸 열혈투사

춘천 의병장 시아버지 유홍석
항일투사 선봉장 남편 유제원
열혈 독립군 아들 유돈상
팔도창의대장 시댁 어르신 유인석...

유씨 문중 일심동체로 독립에 혁혁한 공
돌비석 하나로는 다 기리지 못해

무순의 독립 청년단원 이끌다 잡혀
일제의 모진 고문 끝에 죽은 아들 부여잡고
노을진 봉천성 해성현서 의병장 윤희순 숨 거두던 날
잿빛 하늘에서 퍼붓던 비 애달픈 투사의 눈물이었네.

* 윤희순

(尹熙順, 1860.6.25. - 1935.8.1.)

윤희순 지사는 우리나라 최초의 여자 의병장으로
"안사람 의병가(義兵歌)", "의병군가(義兵軍歌)",
"병정가(兵丁歌)" 등을 지어 항일독립정신을 드높였
다. 또한 1907-1908년에는 강원도 춘성군 가정리
여우내골 골짜기에서 여자의병 30여명을 조직
하고 군자금을 모아서 의병운동을 지원하였다.
1990년애족장(1983년 대통령표창) 추서.

◀ 윤희순 지사

64

광주학생독립운동의 도화선
댕기머리 소녀 '이광춘'

애비 놈들 남의 나라 삼키더니
그 자식들 통학하며
싸가지 없이
조선인 여학생 댕기를 잡아 당겼것다

아야야야 아야야야
그 광경보다 못해 조선 남학생들
왜놈 학생 멱살 잡고 한 대 날렸것다

아무렴 가만있을 수 없지

땅 뺏기고 말 뺏기고 자유 뺏기길 10년째
나주 광주 목포 서울 평양 학생들 분노 소리
땅을 가를 때

어린 학생 잡아다가 고문하던
왜놈 순사들
머리채 잡아끈 후쿠다(福田修三)는 놔두고
힘없는 나주의 딸 이광춘만
머리끄덩이 잡히고도 퇴학당했다지

제 자식 혼 안내고
남의 자식만 혼내는 것
조선에선 후레자식이라 하지

후레자식들!
후레자식들!

* 이광춘

(李光春, 1914.9.8. - 2010. 4.12.)

이광춘 지사는 광주학생독립운동의 발단이 된
사건을 이렇게 말했다. "그 때는 개찰구 쪽으로
먼저 나가는 쪽이 힘이 세다고 생각하여 한·일간
에 서로 먼저 나가려고 했어요. 우리 한국 학생들
수는 적었지만 더 야물었지요. 기차 속에서 즈그들
수가 더 많은 게 까불까불해도 한국 학생들이
눈을 크게 뜨면 야코가 팩 죽어 말도 못하지라우."
1929년 10월 30일 나주역에서 일본인 중학생이
당시 광주여고보에 재학 중이던 이광춘과 박기옥
을 희롱하여 발단된 광주고보생과 광주중학생
사이의 충돌은 광주학생독립운동으로 발전하였다.
이광춘 지사는 광주여고보를 중심으로 1930년1월
13일 시험시간 중, 교단으로 뛰어 올라가 잡혀
들어간 학생들의 석방을 요구하며 시험을 거부
하자는 백지동맹을 주도했다. 1996년 건국포장
수여.

65

피 흘리는 동포의 상처 어루만진
수호천사 '이도신'

고구려 기상 드높던
고향 땅 강계 떠나
푸른 꿈 안고 내디딘 경성에서

흰 가운 천사 되어
동포의 상처 어루만지던
기미년 그해

피 흘리는 동포들 틈에 끼어
포악한 일제에 저항하다

스물다섯
꽃다운 나래 접은
임의 숭고한 얼

겨레의
거룩한 표상으로
길이 빛나리.

* 이도신

(李道信, 1902.2.21. - 1925.9.30.)

이도신 지사는 세브란스병원 간호사 견습생으로
재직 중 1919년 12월 2일 종묘 앞에서 만세시위
가 있다는 소식을 듣고, 동료 간호사 김효순·
노순경·박덕혜 등과 함께 참여하였다. 저녁 7시
무렵 노순경 지사는 태극기를, 김효순 지사는
붉은 글씨로 '조선독립만세'라고 쓴 깃발을
흔들며 독립만세를 독려하였고, 이도신 지사는
시위 군중 20여 명과 함께 만세시위를 벌였다.
2015년 대통령표창 추서.

66

열일곱 처녀의 부산 좌천동 아리랑 '이명시'

곤지 연지 찍고
고운 칠보단장 꿈꿀 열일곱 처녀
나라 빼앗기니 꿈도 사라져
일신학교 언니 동생 한데 불러 모아
독립의 길 앞장섰네

스승을 위협하고
형제자매를 찌른 칼
피할 수 없는 길이거든
당당히 받으리라

험난한 구국의 길
가로막는 총구 앞에
두려움 떨치고 일어난 이여

죽음도 불사한 독립의 함성
그 이름 아로새긴
일신의 횃불이여!

* 이명시

(李明施, 1902.2.2. ‑ 1974.7.7.)

이명시 지사의 따님인 이영애 씨는 어머니 이명시
지사에 대해 다음과 같이 회고했다. "당시 17살
이던 어머니는 만세운동 때 연락책을 맡았는데
나들이 때는 언제나 쓰개치마를 쓰고 다니면서
약병을 몸에 지녔답니다. 혹시 불심검문에
잡히면 환자에게 약을 전하러 간다고 속이기
위해서였지요." 그러면서 어머니는 늘 "나라 없는
백성보다 불쌍한 인간은 없으니 작은 행동이라도
바르게 하고 맡은 바에 최선을 다하되 봉사의
삶을 살라."고 했다고 전했다. 이명시 지사는 부산
일신여학교 재학 중 좌천동에서 펼친 만세운동에
주도적으로 참여하였다. 2010년 대통령표창
추서.

▲ 뒷줄 왼쪽이 이명시 지사 남편이고 그 옆이
　이명시 지사

67

이육사 주검 거두며 맹세한
독립의 불꽃 '이병희'

경성감옥 담장이 서로 손잡고 올라가는 여름
요즘 아이들 밀랍인형 고문실에 멈춰서 재잘대지만
차디찬 시멘트 날바닥 거쳐 간 독립투사 그 얼마더냐

지금은 공부보다 나라 위해 일을 하라
아버지 말씀 따라 일본인 방적공장 들어가서
오백 명 종업원 일깨운 항일투쟁의 길
감옥을 안방처럼 드나들 때
고춧가루물 코에 넣고
전기로 지져대어 살 태우던 고난의 세월

잡혀서 죽는 한이 있더라도 너만 죽어라
동지를 팔아먹지 마라 결코 팔아먹지 마라
혼절 속에 들려오던 아버님 말씀 새기던 나날

광야의 육사도 그렇게 외롭게 죽어 갔으리
뼈 삭는 아픔 숯 검댕이 영혼 부여잡으면서도
그러나 결코 비굴치 않았으리라

먼데 불빛처럼 들려오는 첫닭 우는 소리를
어찌 육사 혼자 들었으랴.

* 경성감옥 :
1998년부터 '서대문형무소역사관'으로 꾸며 생생한 역사 현장으로 사용되고 있는 서대문형무소는 1908년 10월 21일 일제에 의해 '경성감옥'이라는 이름으로 문을 열었다. 이곳은 1945년 해방까지 한국의 국권을 되찾으려고 싸운 의병, 계몽운동가, 독립운동가들이 수감되어 모진 고문을 당하던 곳이다.

* 이병희
(李丙禧, 1918.1.14. - 2012.8.2.)

이병희 지사는 요양원 계실 때 찾아간 글쓴이에게 "나도 화장을 하면 예뻤을 거야. 우리들이 독립운동한 사실을 꼭 사람들에게 전하라."고 손을 꼭 쥐며 말해주었다. 이병희 지사는 동덕여학교(지금의 동덕여고) 출신으로 당시 여학교 밖에 없던 조선에서는 최상급 엘리트 교육을 받은 셈이다. 일찍이 노동현장의 열악함을 알고 1936년 서울 종연방적주식회사에 입사하여 노동운동을 펼쳤으며 1938년 북경으로 망명하여 이육사 등이 참여한 의열단원으로 활약하였다. 1996년 애족장 수여.

▲ 생전의 이병희 지사와 글쓴이

68

통진 장날 만세운동을 이끈
성서학교 만학도 '이살눔'

성서학교 만학도
품은 뜻 내려놓고

김포 통진 장날 터진
동포들의 억눌린
독립에의 갈망

온몸으로 받아
십자가 지듯
걸머쥐고

대한의 독립을 외친
피맺힌 절규

들었으리라 하늘님도
그 날
임의 외침을!

보았으리라 하늘님도
그날
임의 외침을!

* 이살눔
  (이경덕, 1886. 8. 7. - 1948. 8.13.)

이살눔 지사는 33살이던 1919년 성서학교에
재학중이었다. 신앙심이 깊었던 이살눔 지사는
거국적인 만세운동을 직시하면서 김포에서도
만세운동이 일어날 것을 예견하고 준비하여
3월 22일, 통진 장날 만세시위에 주도적으로
참여하였다. 1992년 대통령표창 추서.

69

황해도 평산의 의병 어머니 '이석담'

맑은 물 수려한 풍광 황해도 땅
아홉 구비 휘몰아치는 석담구곡
정기 받은 율곡의 12대손 귀한 따님

일찍이 임진란 난리에 순절한
정경부인 노 씨 할머니 삶 배우더니
평산 신 씨 스무 살 남편 죽고
시어른 지극정성 봉양할 때

꺼져가는 등불 앞에 놓인
나라 소식 듣고
대대손손 이어 오던 전답 팔아
의병 뒷바라지 앞장서니

석담부인 의로운 일
해주 개성 장단까지 알려져
몰려든 독립투사 문전성시 이루었네

즈문해를 이어오는 석담구곡(石潭九曲)
세찬 물줄기처럼 가없는 석담부인
의병사랑 세세손손 흐를레라.

* 이석담

(李石潭, 1859. - 1930. 5.)

이석담 지사는 율곡 이이의 12대 손으로 풍광이
아름다운 석담구곡의 정기를 타고 태어나 어렸을
때부터 총기가 남다르다 해서 이름을 '석담'으로
불렀다. 이석담 지사는 의병장 조맹선·이진용
휘하의 부하 의병들을 자신의 집에 숨겨 숙식을
제공하였으며 자신의 소유 전답을 팔아 그 전액을
의병들의 군자금으로 제공하였다. 또한 1919년
경술국치를 당하자 일제가 주는 은사금(恩賜金)을
거부하며 항일 의지를 굽히지 않았다. 1991년
애국장(1977년 대통령표창) 추서.

70

열아홉 값진 목숨 바친
수원의 잔 다르크 '이선경'

조국의 광복을 보지 못하고
홀로 죽어간다는 것은
외롭고 쓸쓸한 일입니다

광복의 기쁜 소식을 듣지 못하고
홀로 눈을 감는다는 것은
외롭고 슬픈 일입니다

열아홉 값진 목숨
극악한 고문으로
쓸쓸히 떠났건만
오래도록 찾지 않아
무덤조차 잊힌 구십 성상

임이여
조국의 무관심을 용서하소서
조국의 비정함을 용서하소서.

* 이선경

(李善卿, 1902. 5. 25. - 1921. 4. 21.)

이선경 지사는 한일병탄을 반대하고 조선독립을
계획할 것과 독립운동으로 감옥에 들어간 가족을
구제하고자 '구국민단' 조직에 참여하여 구제부장
을 맡았다. 수원 삼일여학교를 졸업하고 경성여자
고등보통학교(현 경기여고) 3학년 1학기 때 구국
민단 사건으로 퇴학당했다. 구국민단에서 활동
하다 잡혀가 받은 고문으로 19살의 나이로 순국
의 길을 걸었다. 2012년 애국장 추서.

71

애국부인회서 여성들의 단합을 꾀한 '이순승'

국토는 빼앗을지언정
겨레의 넋을 빼앗을 손가

총부리 잠시 피해
이역 땅에 숨어든 몸

흔적 없이
사라진다 해도
두려울 것 없어

일제가 짓밟은 산하
국권 회복의 그 날까지

광복의 시계를
멈추지 않게 한
임의 숭고한 헌신

겨레는 잊지 않으리.

* 이순승
　(李順承, 1902.11.12. - 1994.1.15.)

이순승 지사는 한국의 대표적인 독립운동가 집안
출신 조소앙 선생의 동생인 조시원(1963 독립장)
지사가 남편으로 부부독립운동가다. 아울러 따님
순옥(順玉, 1990 애국장), 사위 안춘생(安椿生,
1963 독립장)도 정부로부터 서훈을 받은 독립
운동가다. 1940년 6월 17일 중국 중경에서 한국
혁명여성동맹의 조직 결성에 참여하여 한국여성
에게 민족혁명 정신을 드높였으며 한국독립당의
창립위원으로 활약하였다. 1990년 애족장 수여.

72

어린 핏덩이 내동댕이친
왜놈에 굴하지 않던 '이애라'

월선리 산마루에 드리운 붉은 저녁노을
충혼탑에 어리는 소나무 그림자가 길고 깁니다

어린 핏덩이 업고
기미년 만세시위 뛰어다니다
왜놈에 아기 빼앗겨 살해되고
차디찬 옥중에서 부르던 조국의 노래

식지 않은 그 열기
평양으로 원산으로 블라디보스톡으로 이어져
암흑의 조국에 빛으로 나투신 이여

어이타 스물일곱 꽃 다운 나이에
왜놈의 모진 고문 끝내 못 이기고
생의 긴 실타래를 놓으셨나요?

어이타 그 주검
그리던 고국으로 오지 못하고
구만리 이역
이름 모를 들판에서 헤매고 계시나요?

오늘도 월선리 선영엔
십일월의 찬바람만 횅하니 지나갑니다.

* 이애라
  (李愛羅, 1894.1.7 - 1922.9.4.)

이애라 지사는 이화학당을 졸업하고 이곳 교사로
일하다가 영명여학교 교감 이규갑 선생과 혼인
뒤 3·1 만세시위에 가담하였다. 독립운동가인
남편 이규갑 선생을 쫓아 만주 간도로 건너갔던
이애라 지사는 국내 연락차 도문(圖們)을 거쳐
입국하다가 함북 웅기에서 일경에 잡혀 피살
순국하였다. 1962년독립장 추서.

◀ 이애라 지사

73

중국 군인도 무서워 벌벌 떤 '이월봉'

황해도 황주 동천리 가녀린 소녀
만주 제제할제로 떠나던 날
집 뒷산 어여쁜 진달래꽃
화들짝 피어났지

숙부 손에 이끌려
유랑의 길 떠나갈 때
기다리는 건
혹독한 만주벌 시린 바람뿐

북풍한설 눈보라 속에서
용케도 살아남아
여자 광복군 되던 날

뜨거운 조국애로
광복의 꽃송이 활짝 피우자고
다짐한 굳은 맹세

조국이여!
임의 다짐
잊지 말고 가슴에 새겨다오
잊지 말고 가슴에 새겨다오.

* 이월봉
(李月峰, 1915. 2. 15. - 1977. 10. 28.)

이월봉 지사는 광복군 출신으로 1938년 중화민국 대운동회에서 중국의 내로라하는 남성들을 모두 물리치고 당당히 1등을 한 이야기가 전설처럼 전해지고 있다. 이 대회는 장개석이 장학량 군대에 감금 된 뒤 풀려나와 이를 기념하기 위해 만든 대회로 요즘으로 치면 철인 5종 경기와 같은 것이다. 장애물 뛰어넘기, 산악 달리기 등 험난한 코스를 거쳐 정상에 펄럭이는 중국 국기를 뽑아 내려와야 하는데 이월봉 지사가 여자의 몸으로 1등으로 올라가자 국기를 가지고 있던 중국인들이 내주지 않자 흠씬 두들겨 패고 국기를 가지고 내려와 1등을 거머쥐었던 것이다. 이월봉 지사는 중국 중앙전시간부훈련 제4단 특과총대학원대 한청반 (韓靑班)에서 군사훈련 과정을 수료하였으며 그 뒤 서안에 있는 광복군 제2지대에 편입하여 항일 활동을 벌였다. 1990년 애족장(1963년 대통령 표창) 추서.

▲ 이월봉 지사. 한국광복군제2지대 여군 반장 시절,
뒷줄 오른쪽 두 번째

74

가슴에 품은 뜻 하늘에 사무친 '이은숙'

고려의 충신 목은 이색 집안의 피를 이은 스무 살 규수
고향 땅 떠나 살 에는 추위 속
첩첩산중 험준한 고개 넘어
강냉이 좁쌀 죽 기다리는 만주 땅 횡도천 시집살이 길

바닥난 뒤주 긁어
조국 광복 꿈꾸며 문지방 드나들던
수십 명 투사의 주린 배를 채워주며
독립투사 아내의 길 묵묵히 걸어온 삶

만주로 상해로 밤낮없이 뛰던 남편 소식 끊어지고
어느 해 쓸쓸한 가을
노오란 국화만 고향의 그리움을 더하던 날
총 들고 몰려든 마적 떼에 총상 입고
어린 남매와 피투성이 되어 사경을 헤맸었지

어린 아들 화롯불 뒤집어썼을 때도
사랑하는 딸 천식으로 죽어갔을 때도
치료비조차 없어
기침 소리 유난히 가슴을 치던 그 밤의 슬픔은
조국을 빼앗긴 설움이 잉태한 천형(天刑)이었나?

애오라지 독립의 횃불 들던 낭군을 위해
유곽의 삯바느질 마다치 않고
바늘 끝에 수없이 찔려 피 흘리며
독립자금 마련한 그 모진 풍파
가냘픈 붓끝으로 다 그리지 못해

가슴에 한을 품고 사무친 마음으로
낭군에게로 돌아갔으리
무심히 흰 눈송이 내리던 날에.

* 이은숙
(李恩淑, 1889.8.8 - 1979.12.11.)

▲ 이은숙 지사

이은숙 지사는 우당 이회영 선생이 남편으로 『서간도 시종기』라는 책을 써서 독립운동가의 아내이자 여성독립운동가로서의 삶을 적나라하게 세상에 알렸다. 『서간도 시종기』에는 만주에서의 삶이 얼마나 곤궁한 생활을 했는가를 잘 보여주는 이야기가 있다. "그날 오후 이을규 형제분과 백정기, 정화암 씨 네 분이 오셨다. 그날부터 먹으며 굶으며 함께 고생하는데 짜도미라하는 쌀은 사람이 먹는 곡식을 한데 섞어 파는 것으로 이것은 가장 하층민이 먹는 것이지만 이것도 수가 좋아야 먹게 되는지라 살 수가 없었다. 그도 없으면 강냉이를 사다가 죽을 멀겋게 쑤는 날은 상을 가지고 나갈 수가 없어 얼굴이 화끈 달아오를 때가 여러 번이었다." 2018년 애족장 추서.

75

윤동주 고향 북간도 명동촌 교육가 '이의순'

국자가 소영촌 찾아가는 길
옥수수 드넓은 밭 그 어디쯤
임의 발자국 찍혔을까?

선바위 모퉁이 돌아
북간도 명동촌 내디딘 걸음

별 헤던 시인 난 동네
재잘재잘 소꿉동무 모아
무지개 꿈 심어주던 임을 그리네

이제는 마지막 잎새마저 떨어져
황량한 명동촌

그러나 또다시 맞이할 봄을 그리며
이끼 낀 명동 학교 뜰을 걸었네.

* 이의순
(李義橓 1895. - 1945. 5. 8)

이의순 지사는 상해 대한민국임시정부의 국무
총리를 지낸 이동휘 선생의 둘째 따님이다.
간도 명동여학교 교사로 활동하다 블라디보스톡
의 신한촌으로 건너가 삼일여학교 교사로
일하면서 독립운동에 참여하였다. 독립운동가
오영선 지사와 부부독립운동가인 이의순 지사는
명연설가로 이름을 날렸는데 1902년 3월 1일
블라디보스톡에서 열린 제1회 삼일절 기념식장
에서 한 연설은 많은 사람의 심금을 울렸다.

"본인은 태극기 뒷면에 자유라고 써서 숨겨
가지고 왔습니다. 우리 민족은 10년간 자유를
잃었지만 오늘 비로소 자유를 회복했습니다. 이
태극기는 10년간 동해의 물에 빠져 있었지만
오늘 드디어 건져 올렸습니다. 자유를 얻은 오늘,
지난 1년을 회고하면 우리는 과연 무슨 일을
이룩했는지 반성하게 됩니다. 내년의 오늘은
마땅히 진정한 독립기념식을 엽시다." 1995년
애국장 추서.

76

블라디보스톡 한인촌의 여장부 '이인순'

혹한의 땅 만주벌서 떠는
동포의 어린 영혼들
보듬으며 겨레 혼 심어주던 임

살 에이는 시베리아 시린 추위
견뎌내라 다독이던 임

어이타 스물일곱 꽃다운 나이에
이국땅서 숨져갔나요?

블라디보스톡 한인촌에
혜성처럼 나타나
여장부의 푸른 꿈 내보이다가
활짝 펴지 못하고 떠나던 날

푸르던 하늘도 구슬퍼
핏빛 비를 뿌리었다네.

* 이인순
(李仁橓, 1893. - 1919. 11.)

이인순 지사는 상해 대한민국임시정부의 국무총리를 지낸 이동휘 선생의 큰 따님이며 동생 이의순 지사와 함께 독립운동을 한 자매 독립운동가다.
1912년 북간도 국자가에서 교사로 일하며 독립정신을 드높였고, 1918년 블라디보스톡에 정착해서는 독립자금을 모으는 일에 앞장섰다. 1995년 애국장 추서.

77

도산 안창호와 함께 부른 독립의 노래 '이혜련'

하와이 오렌지 농장의 막노동꾼 남편 도와
미국인 집에서 식모살이
식당 허드렛일 하던 때는 그래도 나아

돌아올 기약 없이 상해로 떠난 남편
등골이 빠지도록 일해서 모은 돈
독립자금 대며 살아온 세월

독립의 주춧돌 쌓으며
광복의 꿈 키웠지만
차디찬 서대문형무소서 날아든 비보

부귀와 영화를 꿈꾼 적 없이
광복의 몸부림 속에서
순국의 길 걸은 남편
통곡의 강 넘어 어찌 만날까?

* 이혜련
(李惠鍊, 1884. 4. 21.- 1969. 4. 21.)

이혜련 지사는 도산 안창호 선생이 남편으로 로스앤
젤레스에서 부인친애회를 조직하여 독립의연금 모금
에 솔선수범하였다. 이 모임은 훗날 북미주 지역의
새크라멘토 한인부인회와 다뉴바의 신한부인회,
샌프란시스코의 한국부인회, 윌로우스의 지방부인회
등을 모아 대한여자애국단으로 거듭났다. 이혜련
지사는 대한여자애국단을 중심으로 국민의무금,
21례, 국민회보조금, 특별의연 등의 모금을 주도
하였고, 미국적십자사 로스앤젤레스지부의 회원으로
도 활동하였다. 2008년 애족장 추서.

▲ 안창호, 이혜련 지사 가족(1917)

78

일제의 여공 착취에 항거한 오뚝이 '이효정'

나라가 없는 판에 시험이 다 무엇이냐
백지동맹 앞장서던 겁 없는 열여섯 처녀
광주학생 만세 함성 듣고
피 끓어 떨치고 일어선 종로거리 만세운동

경성 트로이카 열혈 청년 이재유 도와
노동자 권리 찾다 고등계형사에 잡혀
갖은 고초 당했어도 의연한 자세
죽음을 불사한 민족차별 철폐 운동 후회는 없어

폐병 견디며 쟁취한 해방 된 이 땅에서
안락을 구걸한 적 없다마는
사회주의 남편 빨갱이로 몰려 숨죽여 살던 삶

어린 삼 남매 부여잡고
떠돌던 시절을 더는 묻지 말라

영혼 떠나버린 빈 껍질 홀로 추슬러
마산 딸네 집 허름한 뜨락의
이름 없는 들꽃을 사랑하다
두 권 시집 남기고 홀연히 떠난 자리
오늘도 목백일홍 저 혼자 외롭게 피어있네.

* 경성 트로이카 :

1933년 서울에서 조직된 노동운동과 학생운동을 주도한 이현상, 이재유, 김삼룡을 주축으로 한 단체로 이효정, 이경선, 박진홍 등 여성들도 활동하였다. 경성 트로이카는 반제국주의 운동, 학생 운동, 노동조합 운동, 독서회, 농민 운동을 펼쳤으며 1934년 1월 대부분 활동가가 잡혔으며 250여 명의 구속자가 발생하였다.

* 이효정
(李孝貞, 李春植, 1913.7.28. - 2010.8.14.)

이효정 지사는 동덕여자고등보통학교에 재학 중, 광주학생운동이 일어나자 친구들과 함께 운동장에 나가 만세를 부르다가 종로경찰서에 구속되었다. 또한, 3학년 때는 시험을 거부하는 백지동맹을 주도해 무기정학을 당했다. 졸업 후에는 노동운동에 참여하였는데 1933년 9월 21일, 종연방적[鐘紡] 경성제사공장에서 파업이 일어나자, 이효정 지사는 이재유의 지도를 받아 여직공을 선동하여 총파업을 주도하였다. 2006년 건국포장 수여.

▲ 이효정 지사

79

만주호랑이 일송 김동삼 며느리 '이해동'

기름진 옥토 뒤로하고 떠난 혹한의 땅 서간도
그곳 망명 살이 속절없는 세월이었네

풍토병 돌아 황천길 간 친정집 숙부 삼 남매
일제에 피살된 시삼촌
친정아버지의 옥살이
시숙 잃은 시숙모의 도진 정신병

냉수 떠놓고 혼약한 열일곱 새댁 몸으로
감당키 어려운 시련의 연속이었어라

만주 호랑이 시아버님
평생에 세 번 뵙고
입쌀밥 한 끼 못해 올린
불초한 며느리라 목이 멨지만

소금절인 무김치에 좁쌀밥도
배불리 못 먹는 동포들과 힘 모아
만주 땅 허허벌판 개간하여
악착같이 살아낸 세월이었네

여덟 살에 떠난 고국 77년 만에 돌아와 보니
무심한 고국산천 그대로건만
끝내 서대문형무소에서 숨져간 시아버지
꿈에도 고국 땅을 그리던 남편이 눈에 밟혀
내딛는 걸음걸이 휘청대누나

김포공항 입국장에 쏟아지는
카메라 플래시 소리
아버님이시여
낭군이시여 들리시는가!

건네받은
한 아름 꽃 속에서
울고 있던 여사님
무거운 짐 벗고 편히 쉬소서!

* 이해동
(李海東, 1905.12.23. - 2003.8.20.)

이해동 지사는 만주의 호랑이라고 불리는 일송
김동삼 선생의 며느님이다. 만해 한용운 선생은 생전
에 딱 한 번 눈물을 흘렸는데 일송 김동삼 선생의
장례식에서였다고 한다. 김동삼 선생은 "내가 조국
에 끼친 바 없으니 죽은 뒤 유해나마 적 치하에 매장
하지 말고 화장하여 강산에 뿌려달라."고 했을 만큼
투철한 독립정신의 소유자였다. 이해동 지사는
『만주생활 77년사』를 집필하여 시아버지 김동삼
선생을 비롯한 동포들의 독립투쟁사를 섬세한
필치로 남겼다. 2019년 7월 현재 미서훈자다.

80

광주 소녀회로 똘똘 뭉친 여전사 '장경례'

무등산 정기 받은
빛고을 터에
독립의 나래 펼치려
모여든 벗들

시시각각 조여 오는
일제의 쇠사슬
끊으려 하다
철창 속에 갇혔지만

가슴속 타오르는
뜨거운 횃불은
간악한 일제의 마수도
끄지 못해

그 빛으로
조국의 앞길
환히 밝혔어라.

* 장경례

(張慶禮, 1913.4.6. - 1998.2.19.)

장경례 지사는 전남 광주여자고등보통학교에 재학 중 1928년 11월, 조국의 독립과 여성해방을 목적으로 항일 학생결사 조직인 '소녀회(少女會)'를 결성했다. 소녀회는 성진회(醒進會)가 그 모체로 성진회는 당시 조선의 각 학교에서 일본 역사를 국사(國史)라 부르며 일본 조상인 천조대신(天照大神)을 우리의 민족 시조인 단군왕검과 형제라는 식의 왜곡된 역사를 가르치는 일제의 민족정신 말살 교육에 반발하여 1926년 11월 3일 장재성, 최규창, 임주홍 등 16명이 조직한 비밀 결사조직이다. 1929년 11월, 광주학생독립운동 시위 때에는 광주여고보생이 만세 시위를 주도하였다. 1990년 애족장 수여.

▲ 장경례 지사

169

81

하와이 다이아몬드헤드 무덤에 잠든 '전수산'

먼 이국땅서 잠든 그대
극락조화 한 다발 안고 찾아가던 날

무덤 뒤
다이아몬드헤드산은 빛났고
와이키키 바닷바람은
뺨을 간지럽혔다오

어린 딸 옥희를 안고
하와이 땅 밟은 그대

억척스레 독립자금 모아
상해임시정부의 기틀을 잡고
헐벗은 조국의 애국지사 후손을 도운
고운 마음 감추고

이제는 지친 몸 마음 모두 내려놓고
다이아몬드헤드 공원묘지에서
조국의 무궁함을 비는 그대여!

독립의 역사 지워지지 않는 한
그대의 애국혼 영원하리라!

* 전수산

(田壽山, 1894.5.23. - 1969.6.19.)

전수산 지사는 하와이로 건너간 뒤 1919년 4월
1일 하와이 호놀루루에서 창립된 하와이 부인단
체인 대한부인구제회에 가입하여 국권회복
운동과 독립운동에 필요한 후원금을 모아 상해
임시정부를 돕는 데 앞장섰다. 전수산 지사는
1942년부터 1945년 광복이 될 때까지 대한인
부인구제회 회장을 맡아 중경에 있는 대한민국
임시정부를 적극적으로 도왔다. 2002년 건국포장
추서.

▲ 3살 난 딸 옥희와 하와이 땅을 밟은 전수산 지사
  (이덕희 소장 제공)

82

열여섯 조선의용대 처녀 독립군 '전월순'

여산 안개 젖히고
대륙의 젖줄 장강 따라 흘렀던 곳
계림 동령가 칠성공원 푸르른 숲속엔
이름 모를 새들이 지저귀지만
칠십여 년 전 이곳은
항일기치 높이 들고 분연히 일어난 조선의용대
피 끓는 동포들 모여 들던 곳

열여섯 꽃다운 처녀 독립군 되어
시퍼런 일본군 정보 캐러 다니며 넘나들던
계림의 구중 계곡 골짜기
휘몰아치던 중원의 흙바람 먼지 일며
조여 오던 일본군 총칼 앞에 결코 굽히지 않아

'우리는 한국 독립군 조국을 찾는 용사로다
나가! 나가! 압록강 건너 백두산 넘어가자'
힘찬 압록강 행진곡 목 터져라 부르며
다잡은 광복의 투지 그 선봉장 되신 이여

왜놈들 두려워 벌벌 떨던 의열단 청년 만나 맺은 가약
혼수도 신혼 꿈도 모두 바쳐 되찾은 조국 땅에서
장가계 원가계 계림의 산수구경 가는 사람들아
뾰족뾰족 솟은 기암괴석 올려다볼 때
골짜기 굽이마다 광복군 심은 얼 잊지 마시게.

* 조선의용대(朝鮮義勇隊) :
조선항일의용군(朝鮮抗日義勇軍) 또는 국제여단(國際旅團) 이라
고도 불렸으며 대장 김원봉과 조선민족혁명당의 주도로 1938년
10월 10일 중국 한커우(漢口)에서 결성된 독립군이다.
중국의 2차 국공합작으로 국민당정부의 통일된 후원세력을 얻은
조선의용대는 국민당 정부군의 지원부대로 창설되어 중국 본토
에서 일본군과 대항하여 싸웠다. .

* 전월순
(全月順, 全月善 1923.2.6. ‒ 2009.5.25.)

전월순 지사는 1939년 9월 중국 귀주성 계림에서
김원봉이 이끄는 조선의용대(朝鮮義勇隊)에
입대하여 일본군에 대한 정보수집과 병사초모 등의
공작활동을 펼쳤다. 그 뒤 1942년 4월 20일 열린
대한민국임시정부 제28차 국무회의의 결의에 따라
조선의용대는 광복군에 편입되었고 전월순 지사도
광복군으로 활약하였다. 한편, 전월순 지사는 백범
김구 주석의 소개로 광복군인 김근수 지사와 혼인한
독립운동가 부부이기도 하다. 1990년 애족장 수여.

▲ 사랑스러운 손자와 즐거운 한때를 보내던 전월순 지사

압록강 너머 군자금 나르던
임시정부 안주인 '정정화'

장강의 물은 그냥 흐르는 것이 아니다
지금 사람들
강물 위에 배 띄워 노래하지만
물의 근원을 캐는 사람은 없다

혈혈단신 여자의 몸
압록강 너머 빼앗긴 조국 땅 오가며
군자금 나르던 가냘픈 새댁
그가 흘린 눈물 장강을 채우고 넘치리

돌부리에 채이면서
죽을 고비 몇 번이던가
수십 성상 국경 넘나든 세월
거친 주름 되어 골마다 패어있네

바닥난 뒤주 긁어
배고픈 독립투사 다독이며
가난한 임시정부 살림 살던 나날
훈장 타려 했었겠나

빛도 없이 이름도 없이
뛰어온 구국의 일념
압록의 푸른 물 너는 기억하겠지.

* 정정화
(鄭靖和, 1900.8.3. - 1991.11.2.)

▲ 정정화 지사

정정화 지사는 시아버지인 대동단 총재 김가진 선생과 남편 김의한이 상해로 건너가 독립운동을 하자 혼자 몸으로 1919년 3·1만세운동 직후 상해로 건너갔다. 정정화 지사는 상해 대한민국임시정부 소속으로 1930년까지 열악한 재정지원을 돕기 위하여 6회에 걸쳐 국내를 왕복하면서 거액의 독립운동자금을 모금하여 임시정부에 전달하였다. 1934년, 한국국민당에 입당하여 활동하였으며, 1940년에는 한국독립당의 창당 요원으로 활약했다. 한편, 1940년에는 중경에서 한국혁명여성동맹을 조직하고 그 간부로 항일활동을 폈으며 1941년에는 임시정부의 보호 아래에 있는 중경 3·1유치원 교사로 임명되어 독립운동가 자녀들에 대한 교육을 담당하였다. 1990년 애족장 수여.

광복군 뒷바라지한 만주의 어머니 '정현숙'

죽능골 어린 신부
봉숭아 물들이며 뛰어놀던 앞마당 뒤로하고
붉은 꽃 가슴에 새기고 떠난 만주길

물설고 낯선 곳에 마음 둘 곳은
내 동포 내 형제 지키는 일 그것뿐이라

하루에도 열두 가마솥 뜨신 밥해서
광복군 주린 배 채우며 다독이던 몸

왜놈에 쫓기어 뿔뿔이 흩어진 가족
부평초처럼 떠돌던 임시정부 시절
토교에 천막치고 거친 밥 먹을지언정
광복의 끈 놓은 적 없어
고이 키운 어린 딸 손잡고
함께 부른 광복의 노래

그 누가 있어
해주 오 씨 문중에 출중한
여장부 며느리 기억해줄까?

* 정현숙
(鄭賢淑, 정정산, 1900. 3.13. - 1992. 8. 3.)

정현숙 지사는 남편 오광선 장군이 신흥무관
학교에서 교관을 맡자 시아버지 오인수 의병장
을 모시고 1919년 무렵 만주 유하현으로 떠났다.
정현숙 지사는 독립운동을 위해 만주로 몰려드는
독립운동가들 뒷바라지에 혼신을 다했으며
이 일로 "만주의 어머니"라는 별명이 붙었다.
1935년 이후 중국 남경에서 대한민국임시정부
요인들의 뒷바라지와 함께 1941년 한국혁명
여성동맹을 결성하여 맹활약하였다. 오희영,
오희옥 두 따님도 독립운동가다. 1995년 애족장
추서.

▲ 정현숙 지사

목숨이 경각인 아들
중근의 어머니 '조마리아'

아들아
옥중의 아들아
목숨이 경각인 아들아

칼이든 총이든 당당히 받아라

이 어미 밤새
네 수의 지으며
결코 울지 않았다

사나이 세상에 태어나
조국을 위해 싸우다 죽는 것
그보다 더한 영광 없을 지어니

비굴치 말고
당당히
왜놈 순사들 호령하며 생을 마감하라

하늘님 거기 계셔
내 아들 거두고
이 늙은 에미 뒤쫓는 날

빛 찾은 조국의
푸른 하늘
푸른 새 되어
다시 만나자

아들아
옥중의 아들아
목숨이 경각인 아들아

아!
나의 사랑하는 아들 중근아.

* 조마리아
　(본명 조성녀, 1862.4.8. - 1927.7.15.)

조마리아 지사는 안중근 의사 어머니로 1907년
5월 평안남도 삼화항은금폐지부인회를 통해
국채보상의연금을 내고 1926년 7월 19일에
조직된 상해재류동포정부경제후원회 위원을
역임하는 등 독립운동에 뛰어들었다. 2008년
애족장 추서.

◀ 조마리아 지사

가슴에 육혈포, 탄환,
다이너마이트를 품고 뛴 '조신성'

일본 유학까지 마친 엘리트
일제에 아부하면 환영받았을 몸
박차고
스스로 가시밭길 내디딘 운명

폐교 위기 진명여학교 맡아
머리에 돌이고 져 나르며 가꾼
억척 교장 선생님

여자도 배워야 산다
일본말을 배워야 원수를 갚는다
나라 있고 내가 있다
심은 민족혼

만주벌 관전현 맹산 독립단 키워
육혈포, 탄환, 다이너마이트를 품고 뛰어든 항일

별조차 숨어 버린 살 에이는 서간도의 밤
살아 이름 구걸치 않고
죽어 이름을 남기리라 각오한 길

살쾡이처럼 서슬 퍼런 왜놈 순사도
두려워 떨던 대륙을 포효하던 암사자
조. 신. 성.
이름 석 자를 두고
남아의 기상을 묻는 이
그 누구더냐?

* 육혈포(六六砲): 탄알을 재는 구멍이 여섯 개 있는 권총.

* 조신성
 (趙信聖, 1873. - 1953.5.5.)

조신성 지사는 평안북도 의주 출신으로 24살 되던
해에 서울로 올라와서 이화학당과 상동 소재 교원
양성소를 졸업한 뒤 소학교에서 교편을 잡았다.
그 뒤 한국 최초의 조선부인회를 조직하여 활동하였
으며 34살에는 일본 유학을 마치고 평양의 진명
여학교 교장을 맡아 민족교육에 헌신하였다.
1991년 애국장 추서.

87

뼈가 으스러지는 고문 속에서도
독립을 외친 '조애실'

임이 떠난 그 날도 흰 눈이 소복이 내렸습니까?
임이 한평생 의지하던 송암교회 찾아가던 날
나는 임이 가시던 1월 7일을 떠올렸습니다.

왜경이 가한 모진 고문으로
생사의 경계를 넘나들며 괴롭혔을
그 병마를 잊기 위해

한 줌의 자살 약을 품에 안고
살아야 했던 혹독한 세월을
임은 어찌 참아 내셨단 말입니까?

뼈마디가 으스러지는 고통 속에서도
조국 광복 위해 이를 악물어야 했던
임의 숭고한 조국애 앞에

오늘도 하늘은 희고 고운 눈 뿌려
임 가신 그 길을 밝혀주고 있습니다.

* 조애실
(趙愛實, 1920. 11. 17. - 1998. 1. 7.)

조애실 지사는 1932년 명천읍 보통학교를 졸업하고
스무 살 무렵인 1940년 1월 중순 함경북도 아오지
탄광의 광산촌에 거주하면서 야학을 세워 부녀자
들에게 문맹 퇴치와 민족의식을 드높이는 데 힘을
쏟았다. 1942년 상경하여 부녀자들과 학생들에게
민족의식을 살리는 교육을 맡아 활약하였다.
1990년 애족장 수여.

88

피 울음으로 애국여성 혼 일깨운 '조용제'

독립운동사에 빛나는
쟁쟁한 독립투사 키워낸
고려개국 공신 명문가 고명딸

이역만리 중국 땅에서
광복의 그날 꿈꾸며
붉은 피 울음으로

한국혁명여성동맹 이끌어
애국혼 일깨운 이여

솟구치던 임의
그 푸르른 열정
독립에의 투혼

삼천리강산에
광복의 꽃으로 피어났어라.

* 조용제

(趙鏞濟, 1898.9.14. - 1947.3.10.)

조용제 지사는 대한민국이라는 국호를 처음 지은
독립운동가 조소앙 선생의 여동생이다. 조용제 지사
는 중국으로 건너가 한국독립당에 입당하여 오라
버니 조소앙 선생과 함께 독립운동에 힘썼다. 한국
독립당은 1930년 1월 25일 중국 상해에서 조직된
민족주의 계열의 대표적인 독립운동 정당이다. 또한
1943년 2월 중경에서 한국애국부인회의 재건
움직임이 일자 조용제 지사는 재건 요원으로 참가
하여 전체 부녀자들의 각성과 단결을 부르짖으며
여성의 독립운동을 이끌었다. 1990년 애족장 추서.

감자골 양양의 민족교육자 '조화벽'

삼월 하늘 핏빛으로 물든
아우내 장터 비극
천애 고아 된 시동생 거두며
불처럼 솟구치던 가슴 속
용암 덩어리

만세운동 현장에서
가슴에 총 맞고
선혈이 낭자하던 시부모님
끝내 숨지자

떠나온 고향 땅 양양에서
아우내 솟구치던 애국혼
다시 되살려

삼일정신 올곧게
민족학교 이어간
그대는
양양 독립의 화신이어라.

* 조화벽

(趙和璧, 1895.10.17. - 1975. 9. 3.)

조화벽 지사는 강원도 양양 지역 3·1만세운동의
중심인물이다. 조화벽 지사는 개성 호수돈여학교
학생들과 만세운동 계획을 세우고 독립선언서를
인쇄하여 나누어 준 뒤, 독립만세를 높이 외치며
만세운동을 이끌었다. 그 뒤 충남 공주영명학교
교사로 부임하였으며 이것이 유관순 집안과의
인연을 맺는 계기가 되었다. 영명학교로 부임하자
당시 만세운동으로 유관순 부모가 현장에서
순국하고 유관순 역시 잡혀가 있었으며 유관순의
오라버니인 유우석도 감옥에 있는 상황이라 천애
고아가 된 유관순의 어린 두 동생을 돌봐 주었다.
그런 인연으로 조화벽 지사는 1923년 유관순의
오라버니인 유우석과 혼인하였으며 그 뒤 고향
양양으로 돌아가 민족교육에 힘썼다. 1990년
애족장 추서.

◀ 조화벽 지사

90

한국의 잔 다르크 지청천 장군의 딸 '지복영'

밤보다 더 어두운 중경의 땅
방공호 드나들며 일본군 공습 피하던 그 날
퍼붓는 포탄에 창자 터져 죽은 중국인 여자
핏덩이 아기만 살아 어미의 젖가슴을 파고든다

눈앞에 펼쳐진 포화 속 비극을 보며
석박사 보장된 길 내 던지고
마구간 새우 잠자며 따라나선 광복군의 길
서안의 최전선으로 떠나는 딸 어깨 다독이며
한국의 잔다르크 되라고 용기 주시던 아버지

나라 사랑하는 사람 많은 듯해도
포탄이 비처럼 퍼붓는 전선으로 갈 사람 많지 않아
낯선 풍토 견뎌내다 병든 몸
후송된 후방에서 쉴 수만 없어

눈물을 가다듬고 곧 다가올 새벽을 기다리며
총대 메던 손 다시 펜을 고쳐 잡고
오천 년 사직을 노래하며
잠든 겨레 혼 일깨운 이여!

* 지복영
(池復榮, 李復榮 1920.4.11. - 2007.4.18.)

지복영 지사는 지청천 장군의 둘째 따님이다.
일찍이 아버지를 따라 중국으로 건너가 수학하였
으며 1938년에 광서성 유주에서 한국광복진선
청년공작대 대원으로 활동하였다. 1940년
9월 17일 광복군이 창설됨에 따라 오광심,
김정숙, 조순옥 등과 함께 여군으로 광복군에
입대하였다. 1990년 애국장 수여.

91

조선 여성을 무지 속에서 해방한 '차미리사'

시집살이에 쪼들리는 여자
무식하다고 남편에게 구박받는 여자
집안에만 들어앉아 세상 물정 모르는 여자들
야학에 불러 모아 글을 깨우치고
나라의 위기를 가르치길 수십 성상

배우지 않는 게으름으로
조국 광복 논할 수 없어
불철주야 조선 여자 일깨우려
삼천리 방방곡곡 밟지 않은 곳 그 어디랴?

무궁화 꽃 심듯 일군 근화학교
왜놈들 이름 바꾸라 총 들이대
바꾼 이름 덕성은 조선 여자교육의 요람

매국의 더러운 돈 한 푼 섞지 않고
깨끗한 조선의 돈으로만 일구어
더욱 값진 학문의 전당

청각장애 딛고 일어나
조선 독립의 밑거름을 키워낸
영원한 겨레의 스승
그 이름 차미리사여!

* 차미리사

(車美理士, 金미리사, 1880.8.21. - 1955.6.1.)

차미리사 지사는 1905년부터 선교사의 도움으로
미국으로 유학 간 뒤 대동교육회, 대동보국회
활동을 하였다. 차미리사 지사는 1917년 미국 선교
회에서 파견하는 선교사로 귀국한 뒤 배화학교
교사로 있으면서 학생들에게 민족의식을 드높이는
일에 힘을 쏟았다. 또한 근화학원(槿花學院) 설립에
참여하였으며, 《여자시론》이란 잡지를 발행하는
데 크게 이바지하였다. 차미리사 지사는 무궁화를
사랑해서 자신이 근무하는 학교 교정에 무궁화를
심었을 뿐만 아니라 자수시간에도 무궁화를 수놓도
록 했다. 광복 뒤에는 여성 고등교육기관 설립을
추진해 1950년 덕성여자초급대학(현 덕성여자
대학교)을 설립하였다. 2002년 애족장 추서.

▲ 미국 스캐리트 신학교 재학시절의 차미리사 지사

92

대구 신명학교 교가 지어 애국혼 심은 '차보석'

뱃머리에 울려 퍼지던
어린 제자들 노래
가슴에 품고
검푸른 태평양 건넌 임

미국 땅에서 혈혈단신
독립의 길 걸어온 세월

꿈에도 잊지 못할
광복의 꿈 고이 품고
그 땅에 뼈 묻었어도

임의 애국혼
신명의 제자들
가슴속에 영원히 피어나리라.

* 차보석

(車寶石, 黃寶石, 1892.- 1932.3.21.)

차보석 지사는 1907년 기독교 선교학교로 개교한
신명여학교에서 1915년까지 재직했으며 재직
동안 교가(校歌)를 만들어 초창기 교풍 확립에 큰
공헌을 했다. 이어 상해에서 흥사단에 참가하는
한편 1921년에는 재상해유일학생회(在上海留日
學生會)를 맡아 활약했다. 차보석 지사가 미국으로
건너간 것은 30살 때로 그곳에서 1925년 대한
여자애국단 샌프란시스코지부 단장을 거쳐
1926년에서 1928년까지 대한여자애국단
총단장을 맡아 활약했다. 임시정부에서 활약한
차리석 선생의 여동생이다. 2016 애족장 추서.

93

심훈의 상록수 주인공
안산 샘골 처녀선생 '최용신'

섬섬옥수 무궁화 수를 놓아
삼천리금수강산 가르치던 스물셋 처녀 선생님
가갸거겨 글 가르쳐 민족혼 일깨우며
밤낮으로 독립의 끈 놓지 않게 타이르신 이여

어느 해 메마른 겨울
장이 꼬이도록 몸을 살피지 않고
열정을 쏟으시더니
끝내는 스물여섯 꽃다운 나이에
꽃상여 타고 코흘리개 곁을 떠나던 날

넘치던 샘골의 물이 마르고
하늘의 물도 말라
마을 아낙들 마른 울음소리만 가득했네

코흘리개 녀석들
엎어지고 자빠지며 상여 뒤쫓아 가는 길
꽃상여 위로 흰 눈송이만 하염없이
내리었다네.

* 최용신
(崔容信, 1909. 8.12. – 1935. 1.23.)

최용신 지사는 심훈의 소설 《상록수》의 모델로
나오는 실제 인물이다. 최용신 지사는 경기도 안산
샘골(당시는 경기도 화성군 반월면 천곡)에서
한글 · 산술 · 재봉 · 수예 · 가사 · 노래공부 · 성경
공부 등을 가르치면서 민족정신을 드높였다.
그러나 1934년부터 YWCA의 보조금이 끊어지고
천곡학원의 운영이 극도로 어려운 상황에서 최용신
지사는 학원을 살리려고 다방면으로 노력을 하던
중 1935년 1월 23일 과로로 쓰러져 숨을 거두었다.
최용신 지사 나이26살 때였다. 그의 장례식은
사회장으로 치렀는데 이날 무려 500여 명이 그의
상여를 따랐을 정도로 젊은 농촌 계몽가이자
독립운동가의 죽음을 슬퍼하였다.1995년 애족장
추서.

94

여성을 넘고 아낙의 너울을 벗은
한국 최초의 여기자 '최은희'

보아도 예사로 보지 않고
들어도 예사로 듣지 않던 열여섯 소녀

종로의 만세운동 앞장서다 잡혀갔었어도
황해도 배천의 만세운동 또 앞장선 것은
흐르는 피돌기 속 유전인지라

천석꾼 친정아버지
재산 풀어 학교 만들고
우국지사 모아 나라 걱정하던 일
보고 자라며 하나도 놓치지 않아

동경 유학 시절 기모노 속
유달리 한복을 고수하고
일본 애들을 뛰어넘은
억척스런 공부는
조선의 힘을 키우기 위한 것

붓끝 움직임마다 여성들이 일어서고
붓끝 휘두를 때마다 남성들이 각성하니
삼천리 조선 땅이 비좁았어라

숨지기 전 사재 털어
후배 여기자 상을 만들고
소중한 책과 애장품들
박물관에 기증하니

욕심도 내려놓고
명예도 내려놓은

깨끗한 가을 아침 이슬처럼
살다간 이여!

95

의사요 교육자인 제주 독립운동의 화신 '최정숙'

내 나라 임금 승하에
목 놓아 울지 못하던
백성들 틈에 끼여

속치마에 이름 석 자 새기고
만세운동 나간 뜻은
죽음이 두려워서가 아니외다

행여 찾지 못할 주검들 속에
오열하실 어머니를 위한
가슴 시린 마음이었다오

헐벗고 병든 내 동포
의사 되어 고치리라
못 배우고 무지한 내 동포
제대로 가르치리라
맹세한 각오

다 이루던 날
소녀 적 꿈 수녀 옷 입고
웃으며 눈 감았다네.

* 최정숙

(崔貞淑, 1902. 2.10. - 1977. 2.22.)

최정숙 지사는 어릴 적에 수녀가 되고 싶었지만
만세시위로 잡혀가 감옥살이한 것이 흠이 되어
수녀가 되지 못했다. 의사로써 독립운동과 의술을
베풀며 독신으로 교육자의 삶을 살다 운명하는 날
평생소원이던 수녀옷을 수의로 입고 떠나셨다.

◀ 최정숙 지사

96

천안 아우내 학살 현장서
일본군에 저항한 '최정철'

아들아
왜놈 칼에
붉은 피 쏟으며
숨져간 아들아

에미는 저들이
네 심장에 꽂은
칼을 보고
피가 끓었다

천인공노할
조선인 학살에
피 울음 토하며

네가 쏟은 피
에미가 흘린 피
결코 헛되질 않길

아우내 동포들
손잡고 함께 외쳤노라.

* 최정철
(崔貞徹, 1853. 6. 26. - 1919. 4. 1.)

최정철 지사는 1919년 4월 1일, 천안 아우내장터 만세시위 주모자인 아들 김구응 의사(義士)와 함께 독립만세를 부르다가 현장에서 일경의 총에 모자(母子)가 함께 순국의 길을 걸었다. 흔히 천안 아우내 만세운동의 주동자는 서울에서 이화학당을 다니던 유관순으로 알려졌지만 만세운동이 일어난 바로 이듬해인 1920년 6월에 김병조 선생이 지은 『한국독립운동사략(韓國獨立運動史略)』에는 천안 만세시위 주동자가 '최정철 지사와 아들 김구응'으로 되어 있다. 1995년 애국장 추서.

▲ 아우내 만세운동의 주모자인 김구응 열사와 어머니 최정철 지사가 새겨진 아우내 4·1문화제 전단 (이 조각상은 아우내 3·1만세공원에 있음)

97

함평천지의 딸 상해애국부인회 대표 '최혜순'

함평천지 비옥한 땅 등지고
부평초처럼 떠나는 몸

등 굽은 어머니의 마른기침 소리
뒤로 하고 낯선 땅 상해에서
애국부인회 이끌면서
눈물로 부른 독립의 노래

마흔여덟 든든한 동지 남편
항쩌우에서 끝내 숨져
악비묘에 묻던 날

찌는 무더위는 모시 적삼 적시고
아직 광복의 서막은 비치지 않았어라

엄마 품에 안겨 우는
어린 두 딸 품에 안고
검은 파도치는 바다 헤쳐
돌아온 조국

아직 동트지 않은 땅에서
목 터져라 불렀을 임의
고귀한 음성
온 나라에 다시 퍼졌으리라.

* 최혜순
(崔惠淳, 1900.9.2. - 1976.1.16.)

최혜순 지사는 조산원 출신으로 일찍부터 상해
에서 조선의 독립을 위해 활동했다. 특히 대한
민국임시정부 국무위원인 김철 선생과 혼인하여
남편과 함께 상해지역에서 활동하였으며 최혜순
지사는 애국부인회 대표로 활약하였다. 2010년
애족장 추서.

98

아직도 서간도 바람으로 흩날리는 들꽃 '허 은'

대대로 내려오던 큰 종택
임청각 안주인
고래 등 같은 집 뒤로하고
만주 땅 전전하며 독립군 뒷바라지
스무 해 성상이었어라

빼앗긴 나라 되찾기 전
조선 땅에 유골조차 들이지 말라며
숨겨간 석주 할아버님
낯설고 물선 땅에 묻고 돌아설 때
두런거리던 밤하늘의 별들조차 시리던 그 밤

밤이 가고 아침이 되면
얼어붙던 가슴 녹여 줄
찬란한 태양이 뜨리라며
한시도 잊지 않은 조국 광복의 꿈
실타래 엮듯 서리서리 품어와
풀으리라던 다짐 다시 꼬였네

밥 먹듯 드나들던 형무소 고문으로 숨겨간 남편
장사치를 돈도 없이
올망졸망 일곱 남매 데리고
남의 집 문간방 떠돌던 반백의 시간이여

애달픈 운명의 사슬 속에 엉켜버린 삶
그러나 누울지언정 꺾이지 않고
서간도 모진 바람 견뎌온 임은
노오란 한 송이 들꽃이었어라.

* 허 은
(許銀, 1907.1.3. - 1997.5.19.)

▲ 허은지사

허 은 지사는 대한민국임시정부의 초대 국무령(대통령)을 지낸 석주 이상룡 선생의 손자며느리이자, 한말 의병장이던 왕산(旺山) 허 위 집안의 손녀이다. 허 은 지사는 8살 때인 1915년 음력 3월 15일 가족들과 서간도로 망명길에 올라 열여섯 살 나던 1922년, 석주 이상룡 선생의 손자인 이병화 선생과 혼인하였다. 허 은 지사의 집은 서로군정서(西路軍政署)의 회의 장소로 쓰였으며 만주 호랑이로 불리는 김동삼(1878~1937, 대한민국장, 1962) 선생을 비롯한 독립투사들이 끊임없이 드나들어 만주지역 독립운동의 전초기지 역할을 톡톡히 해냈다.

허 은 지사는 밀려드는 독립군들의 뒷바라지로 허리 한번 펴지 못하던 시절의 이야기를 『아직도 내 귀엔 서간도 바람소리가』라는 책으로 써서 만주지역에서의 독립운동사를 자세히 밝혔다. 2018년 애족장 추서.

99

임시정부 버팀목 남편과 부른
광복에의 절규 '홍매영'

망국의 한을 안고
애오라지 조국독립을 꿈꾸는 일이
어디 쉬운 일이더냐

찬바람 북풍한설은 그래도
참을 만한 일

배고픈 설움 속에서도
광복의 끈을 놓지 않기가
어디 쉬운 일이더냐

임시정부 피난살이
스물일곱 해
험난한 가시밭길
남편과 함께 부른 독립의 절규
광복의 꽃으로 활짝 피었어라.

* 홍매영
(洪梅英, 1913.5.15. - 1979.5.6.)

홍매영 지사는 대한민국임시정부 국무위원과
중앙감찰위원장을 지낸 차리석 선생이 남편이며
미국 샌프란시스코에서 대한여자애국단 총단장
으로 활약한 차보석 지사는 시누이다. 홍매영 지사
는 1942년 중국 중경에서 한국독립당 당원으로
활약하였으며 한국광복군의 생활과 운영을 지원
하기 위한 유한책임한국광복군 군관소비합작사
에서 일하며 임시정부와 광복군의 활동을 도왔다.
2018년 건국포장 추서.

100

무지한 농촌을 일깨운 '황애시덕'

피폐한 식민지 농촌에 새싹 심듯
안산 샘골의 상록수 주인공 최용신 길러내며
무지한 농촌을 깨우친 힘은
골수 깊은 나라사랑 정신일세

열세 살 소녀 단식하며 학교 가길 소원하니
아버지도 어머니도 두 손 든 딸
장차 커서 조국의 기둥 되었네

어떠한 압제에도 굴하지 않고
늘 푸른 소나무와
곧은 대쪽 닮은 정신으로 만든 송죽회
그 속에서 겨레 혼 겨레 넋
담아내며 키워 낸 인재

삼천리 방방곡곡 새순 돋듯 퍼져 나가
광복의 푸른 숲
너른 그늘 드리웠다네.

* 황애시덕

[黃애시덕(愛施德), Esther, 애덕(愛德)] :
1892.4.19.‒ 1971.8.24.)

황애시덕 지사는 이화학당을 나와 평양의 숭의
여학교 교사로 있으면서 학생들에게 민족정신을
북돋우는 교육에 힘썼다. 1913년 동료 교사
김경희, 교회 친구 안정석과 더불어 비밀결사대인
송죽회(松竹會)를 조직하고, 애국사상이 깊은
학생들을 골라 정신교육을 강화시켜 나갔다.
황애시덕 지사는 1919년 2월 8일, 동경에서
김마리아와 함께 2·8독립선언에 참여했으며 파리
강화회의에 한국 여성대표를 파견할 임무를 띠고
몰래 입국하였다. 1925년 미국으로 유학하여
콜롬비아대학에서 교육학석사를 받고, 1928년
귀국하여 감리교여자신학교 농촌과장으로
지내면서 농촌계몽을 위해 헌신하였다. 1990년
애국장 추서.

여성독립운동가 100분을 위한 헌시

부록 1

이달의 독립운동가
1992년 1월 1일부터 ~ 2019년 12월까지

연도	1월	2월	3월	4월	5월	6월	7월	8월	9월	10월	11월	12월
1992	김상옥	편강렬	손병희	윤봉길	이상룡	지청천	이상재	서 일	신규식	이봉창	이회영	나석주
1993	최익현	조만식	황병길	노백린	조명하	윤세주	나 철	남자현	이인영	이장녕	정인보	오동진
1994	이원록	임병찬	한용운	양기탁	신팔균	백정기	이 준	양세봉	안 무	조성환	김학규	남궁억
1995	김지섭	최팔용	이종일	민필호	이진무	장진홍	전수용	김 구	차이석	이강년	이진룡	조병세
1996	송종익	신채호	신석구	서재필	신익희	유일한	김하락	박상진	홍 진	정인승	전명운	정이형
1997	노응규	양기하	박준승	송병조	김창숙	김순애	김영란	박승환	이남규	김약연	정태진	남정각
1998	신언준	민긍호	백용성	황병학	김인전	이원대	김마리아	안희제	장도빈	홍범도	신돌석	이윤재
1999	이의준	송계백	유관순	박은식	이범석	이은찬	주시경	김홍일	양우조	안중근	강우규	김동식
2000	유인석	노태준	김병조	이동녕	양진여	이종건	김한종	홍범식	오성술	이범윤	장태수	김규식
2001	기삼연	윤세복	이승훈	유림	안규홍	나창헌	김승학	정정화	심 훈	유 근	민영환	이재명
2002	곽재기	한 훈	이필주	김 혁	송학선	민종식	안재홍	남상덕	고이허	고광순	신 숙	장건상
2003	김 호	김중건	유여대	이시영	문일평	김경천	채기중	권기옥	김태원	기산도	오강표	최양옥
2004	허 위	김병로	오세창	이 강	이애라	문양목	권인규	홍학순	최재형	조시원	장지연	오의선
2005	최용신	최석순	김복한	이동휘	한성수	김동삼	채응언	안창호	조소앙	김좌진	황 현	이상설
2006	유자명	이승희	신홍식	엄항섭	박차정	곽종석	강진원	박 열	현익철	김 철	송병선	이명하
2007	임치정	김광제 서상돈	권동진	손정도	조신성	이위종	구춘선	정환직	박시창	권득수	주기철	윤동주
2008	양한묵	문태수	장인환	김성숙	박재혁	김원식	안공근	유동열	윤희순	유동하	남상목	박동완
2009	우재룡	김도연	홍병기	윤기섭	양근환	윤병구	박자혜	박찬익	이종희	안명근	장석천	계봉우
2010	방 한	민강상덕	차희식	염온동	오광심	김익상	이광민	이중언	권 준	최현배	심남일	백일규
2011	신현구	강기동	이종훈	조완구	어윤희	조병준	홍 언	이범진	나태섭	김규식	문석봉	김종진
2012	이 갑	김석진	홍원식	김대지	지복영	김법린	여 준	이만도	김동수	이희승	이석용	현정권
2013	이민화	한상렬	양전백	김봉준	차경신	김원국 김원범	헐버트	강영소	황학수	이성구	노병대	원심창
2014	김도현	구연영	전덕기	연병호	방순희	백초월	최중호	베 델	나월환	한 징	이경채	오면직
2015	황상규	이수흥	박인호	조지루 이스쇼	안경신	류인식	송헌주	연기우	이준식	이탁	이설	문창범
2016	조희제	한시대	스코필드	오영선	문창학	안승우	이신애	채광묵 채규대	나중소	나운규	이한응	최수봉
2017	이소응	이태준	권병덕	이상정	방정환	장덕준	조마리아	김수만	고운기	채상덕	이근주	김치보
2018	조지애쉬 모어피치	김규면	김원벽	윤현진	신건식 오건해	이대위	연미당	김교헌	최용덕	현천묵	조경환	유상근
2019	유관순	김마리아	손병희	안창호	김규식 김순애	한용운	이동휘	김구	지청천	안중근	박은식	윤봉길

※ 밑줄 그은 분은 여성독립운동가

여성 서훈자 독립운동가 433명
2019년 3월 1일 현재

이름	한자	태어난날	숨진날	서훈일	훈격	독립운동계열
가네코 후미코	金子文子	1903.1.25	1926.7.23	2018	애국장	일본방면
강경옥	姜敬玉	1851	1927.9.17	2019	건국포장	국내항일
강원신	康元信	1887	1977	1995	애족장	미주방면
강의순	姜義順	1912	모음	2019	대통령표창	학생운동
강주룡	姜周龍	1901	1932.6.13	2007	애족장	국내항일
강지성	康至誠	1900.8.6	모름	2019	대통령표창	3·1운동
강혜원	康蕙園	1886.11.21	1982.5.31	1995	애국장	미주방면
강화선	康華善	1904.3.27	1979.10.16	2018	대통령표창	3·1운동
고수복	高壽福	1911	1933.7.28	2010	애족장	국내항일
고수선	高守善	1898.8.8	1989.8.11	1990	애족장	임시정부
고순례	高順禮	1911	모름	1995	건국포장	학생운동
고연홍	高蓮紅	1903	모름	2019	대통령표창	3.1운동
공백순	孔佰順	1919.2.4	1998.10.27	1998	건국포장	미주방면
곽낙원	郭樂園	1859.2.26	1939.4.26	1992	애국장	중국방면
곽영선	郭永善	1902.3.1	1980.4.8	2018	애족장	3·1운동
곽진근	郭鎭根	1861	모름	1995	대통령표창	3·1운동
곽희주	郭喜主	1903.10.2	모름	2012	대통령표창	학생운동
구명순	具命順	1900.3.26	1950.3.1	2019	대통령표창	3·1운동
구순화	具順和	1896.7.10	1989.7.31	1990	애족장	3·1운동
권기옥	權基玉	1903.1.11	1988.4.19	1977	독립장	중국방면
권애라	權愛羅	1897.2.2	1973.9.26	1990	애국장	3·1운동
권영복	權永福	1878.2.28	1965.4.4	2015	건국포장	미주방면
김건신	金健信	1868	모름	2018	대통령표창	국내항일
김경순	金敬順	1900.5.3	모름	2016	대통령표창	3·1운동
김경신	金敬信	1861	모름	2018	대통령표창	국내항일
김경화	金敬和	1901.7.18	모름	2018	대통령표창	학생운동
김경희	金慶喜	1888	1919.9.19	1995	애국장	국내항일
김계정	金桂正	1914.1.3	모름	2018	대통령표창	국내항일
김계향	金桂香	1909.12.8	모름	2019	대통령표창	학생운동
김공순	金恭順	1901.8.5	1988.2. 4	1995	대통령표창	3·1운동
김귀남	金貴南	1904.11.17	1990.1.13	1995	대통령표창	학생운동
김귀선	金貴先	1913.12.19	2005.1.26	1993	건국포장	학생운동
김금연	金 錦	1911.8.16	2000.11.4	1995	건국포장	학생운동
김나열	金羅烈	1907.4.16	2003.11.1	2012	대통령표창	학생운동
김나현	金羅賢	1902.3.23	1989.5.11	2005	대통령표창	3·1운동
김낙희	金樂希	1891	1967	2016	건국포장	미주방면
김난줄	金蘭苗	1904.6.1	1983.7.15	2015	대통령표창	3·1운동
김대순	金大順	1907	모름	2018	건국포장	미주방면
김덕세	金德世	1894.12.28	1977.5.5	2014	대통령표창	미주방면
김덕순	金德順	1901.8.8	1984.6.9	2008	대통령표창	3·1운동
김도연	金道演	1894.1.28.	1987.8.12	2016	건국포장	미주방면
김독실	金篤實	1897.9.24	1944.11.3	2007	대통령표창	3·1운동
김동희	金東姬	1900.	모름	2019	대통령표창	학생운동
김두석	金斗石	1915.11.17	2004.1.7	1990	애족장	문화운동

김락	金洛	1863.1.21	1929.2.12	2001	애족장	3·1운동
김란사	金蘭史	1872.9.1	1919.3.10	1995	애족장	국내항일
김마리아	金馬利亞	1903.9.5	1970.12.25	1990	애국장	만주방면
김마리아	金瑪利亞	1892.6.18	1944.3.13	1962	독립장	국내항일
김마리아	金瑪利亞	1903.3.1	모름	2018	대통령표창	학생운동
김반수	金班守	1904.9.19	2001.12.22	1992	대통령표창	3·1운동
김병인	金秉仁	1915.6.2	2012	2017	애족장	중국방면
김보원	金寶源	1888.3.11	1971.7.27	2019	대통령표창	국내항일
김복선	金福善	1901.7.27	모름	2015	대통령표창	3·1운동
김복희	金福熙	1903.10.20	1987.3.14	2019	대통령표창	3·1운동
김봉식	金鳳植	1915.10. 9	1969.4.23	1990	애족장	광복군
김봉애	金奉愛	1901.11.18	모름	2015	대통령표창	3·1운동
김석은	金錫恩	모름	모름	2018	대통령표창	미주방면
김성심	金誠心	1883	모름	2013	애족장	국내항일
김성일	金聖日	1898.2.17	1961	2010	대통령표창	3·1운동
김성재	金成才	1905.10.14	모름	2019	대통령표창	학생운동
김수현	金秀賢	1898.6.9	1985.3.25	2017	애족장	중국방면
김숙경	金淑卿	1886.6.20	1930. 7.27	1995	애족장	만주방면
김숙영	金淑英	1920.5.22	2005.12.13	1990	애족장	광복군
김숙현	金淑賢	1913	모름	2019	대통령표창	학생운동
김순도	金順道	1891	1928	1995	애족장	중국방면
김순실	金淳實	1903	모름	2018	대통령표창	3·1운동
김순애	金淳愛	1889.5.12	1976.5.17	1977	독립장	임시정부
김순이	金順伊	1903.7.18	1919.9.6	2014	애국장	3·1운동
김신희	金信熙	1899.4.16	1993.4.23	2010	대통령표창	3·1운동
김씨	金氏	1899	1919.4.15	1991	애족장	3·1운동
김씨	金氏	1877.10.13	1919.4.15	1991	애족장	3·1운동
김안순	金安淳	1900.3.24	1979.4.4	2011	대통령표창	3·1운동
김알렉산드라	金알렉산드라	1885.2.22	1918.9.16	2009	애국장	노령방면
김양선	金良善	1880	모름	2018	대통령표창	국내항일
김애련	金愛蓮	1902.8.30	1996.11.5	1992	대통령표창	3·1운동
김연실	金蓮實	1898.1.16	모름	2015	건국포장	미주방면
김영순	金英順	1892.12.17	1986.3.17	1990	애족장	국내항일
김영실	金英實	모름	1945.10	1990	애족장	광복군
김오복	金五福	1897	모름	2018	대통령표창	국내항일
김옥련	金玉連	1907. 9. 2	2005.9.4	2003	건국포장	국내항일
김옥선	金玉仙	1923.12. 7	1996.4.25	1995	애족장	광복군
김옥실	金玉實	1906.11.18	1926.6.2	2012	대통령표창	학생운동
김온순	金溫順	1898.3.23	1968.1.31	1990	애족장	만주방면
김용복	金用福	1890	모름	2013	애족장	국내항일
김우락	金宇洛	1854	1933.4.14	2019	애족장	만주방면
김원경	金元慶	1898.11.13	1981.11.23	1990	애족장	임시정부
김윤경	金允經	1911.6.23	1945.10.10	1990	애족장	임시정부
김응수	金應守	1901.1.21	1979. 8.18	1995	대통령표창	3·1운동
김인애	金仁愛	1898.3.6	1970.11.20	2009	대통령표창	3·1운동
김자혜	金慈惠	1884.9.22	1961.11.22	2014	건국포장	미주방면
김점순	金点順	1861.4.28	1941.4.30	1995	대통령표창	국내항일
김정숙	金貞淑	1916.1.25	2012.7.4	1990	애국장	광복군
김정옥	金貞玉	1920.5.2	1997.6.7	1995	애족장	광복군
김조이	金祚伊	1904.7.5	모름	2008	건국포장	국내항일

김종진	金鍾振	1903.1.13	1962.3.11	2001	애족장	3·1운동
김죽산	金竹山	1891	모름	2013	대통령표창	만주방면
김지형	金芝亨	1911	모름	2019	대통령표창	학생운동
김진현	金鎭賢	1909.5.18	모름	2019	대통령표창	학생운동
김추신	金秋信	1908	모름	2018	건국포장	국내항일
김치현	金致鉉	1897.10.10	1942.10. 9	2002	애족장	국내항일
김태복	金泰福	1886	1933.11.24	2010	건국포장	국내항일
김필수	金必壽	1905.4.21	1972.12.4	2010	애족장	국내항일
김해중월	金海中月	모름	모름	2015	대통령표창	3·1운동
김향화	金香花	1897.7.16	모름	2009	대통령표창	3·1운동
김현경	金賢敬	1897. 6.20	1986.8.15	1998	건국포장	3·1운동
김화순	金華順	1894.9.21	모름	2016	대통령표창	3·1운동
김화용	金花容	모름	모름	2015	대통령표창	3·1운동
김화자	金花子	1897	모름	2018	대통령표창	국내항일
김효숙	金孝淑	1915.2.11	2003.3.24	1990	애국장	광복군
김효순	金孝順	1902.7.23	모름	2015	대통령표창	3·1운동
나은주	羅恩周	1890.2.17	1978.1.4	1990	애족장	3·1운동
남영실	南英實	1913.1.16	모름	2019	대통령표창	국내항일
남윤희	南潤姬	1912	모름	2019	대통령표창	학생운동
남인희	南仁熙	1914.7.7	모름	2019	대통령표창	국내항일
남자현	南慈賢	1872.12.7	1933.8.22	1962	대통령장	만주방면
남협협	南俠俠	1913	모름	2013	건국포장	학생운동
노보배	盧寶培	1910	모름	2018	대통령표창	학생운동
노순경	盧順敬	1902.11.10	1979.3.5	1995	대통령표창	3·1운동
노영재	盧英哉	1895.7.10	1991.11.10	1990	애국장	중국방면
노예달	盧禮達	1900.10.12	모름	2014	대통령표창	3·1운동
동풍신	董豊信	1904	1921.3.15	1991	애국장	3·1운동
두쥔훼이	杜君慧	1904	1981	2016	애족장	독립운동지원
문또라		1877	모름	2019	건국포장	미주방면
문복금	文卜今	1905.12.13	1937.5.22	1993	건국포장	학생운동
문복숙	文福淑	1901.3.8	모름	2018	대통령표창	3·1운동
문봉식	文鳳植	1913	모름	2019	대통령표창	학생운동
문응순	文應淳	1900.12.4	모름	2010	건국포장	3·1운동
문재민	文載敏	1903.7.14	1925.12.	1998	애족장	3·1운동
미네르바 구타펠	M.L. Guthapfel	1873	1942	2015	건국포장	미주방면
민금봉	閔今奉	1913.1.7	모름	2019	대통령표창	학생운동
민부영	閔富寧	1913	모름	2019	대통령표창	학생운동
민영숙	閔泳淑	1920.12.27	1989.3.17	1990	애국장	광복군
민영주	閔泳珠	1923.8.15	생존	1990	애국장	광복군
민옥금	閔玉錦	1905.9.5	1988.12.25	1990	애족장	3·1운동
민인숙	閔仁淑	1912	모름	2019	대통령표창	학생운동
민임순	閔任順	1913	모름	2019	대통령표창	학생운동
민함나		모름	1952.9.4	2019	애족장	미주방면
박계남	朴繼男	1910.4.25	1980.4.27	1993	건국포장	학생운동
박계월	朴桂月	1909.5.12	1997.5.2	2019	대통령표창	학생운동
박금녀	朴金女	1926.10.21	1992.7.28	1990	애족장	광복군
박금덕	朴金德	1912	모름	2019	대통령표창	학생운동
박금숙	朴錦淑	1915	모름	2019	대통령표창	학생운동
박기은	朴基恩	1925.6.15	2017.1.7	1990	애족장	광복군
박복술	朴福述	1903.8.30	모름	2012	대통령표창	학생운동

박덕실	朴德實	1901.3.4	1971.3.1	2018	대통령표창	국내항일
박성순	朴聖淳	1901.4.12	모름	2016	대통령표창	3·1운동
박성희	1911	1911	모름	2018	대통령표창	3.1운동
박순애	朴順愛	1900.2.2	모름	2014	대통령표창	3·1운동
박승일	朴星嬉	1896.9.19	모름	2013	애족장	국내항일
박시연	朴時淵	모름	모름	2018	애족장	3·1운동
박신애	朴信愛	1889.6.21	1979.4.27	1997	애족장	미주방면
박신원	朴信元	1872	1946.5.21	1997	건국포장	만주방면
박양순	朴良順	1903.4.13	모름	2018	대통령표창	학생운동
박애순	朴愛順	1896.12.23	1969.6.12	1990	애족장	3·1운동
박연이	朴連伊	1900.2.20	1945.4.7	2015	대통령표창	3·1운동
박영숙	朴永淑	1891.7.20	1965	2017	건국포장	미주방면
박옥련	朴玉連	1914.12.12	2004.11.21	1990	애족장	학생운동
박우말례	朴又末禮	1902.3.13	1986.12.7	2011	대통령표창	3·1운동
박원경	朴源炅	1901.8.19	1983.8.5	2008	애족장	3·1운동
박원희	朴元熙	1898.3.10	1928.1.15	2000	애족장	국내항일
박은감	朴恩感	1857	모름	2018	대통령표창	국내항일
박음전	朴陰田	1907.4.14	모름	2012	대통령표창	학생운동
박자선	朴慈善	1880.10.27	모름	2010	애족장	3·1운동
박자혜	朴慈惠	1895.12.11	1944.10.16	1990	애족장	국내항일
박재복	朴在福	1918.1.28	1998.7.18	2006	애족장	국내항일
박정금		모름	모름	2018	애족장	미주방면
박정선	朴貞善	1874	모름	2007	애족장	국내항일
박정수	朴貞守	1901.3.8	모름	2015	대통령표창	3·1운동
박차정	朴次貞	1910.5.7	1944.5.27	1995	독립장	중국방면
박채희	朴采熙	1913.7.5	1947.12.1	2013	건국포장	학생운동
박치은	朴致恩	1886.6.17	1954.12.4	1990	애족장	국내항일
박하경	朴夏卿	1904.12.29	모름	2018	대통령표창	학생운동
박현숙	朴賢淑	1896.10.17	1980.12.31	1990	애국장	국내항일
박현숙	朴賢淑	1914.3.28	1981.1.23	1990	애족장	학생운동
방순희	方順熙	1904.1.30	1979.5.4	1963	독립장	임시정부
백신영	白信永	1889.7.8	모름	1990	애족장	국내항일
백옥순	白玉順	1913.7.30	2008.5.24	1990	애족장	광복군
백운옥	白雲玉	1892.1.14	모름	2017	대통령표창	국내항일
부덕량	夫德良	1911.11.5	1939.10.4	2005	건국포장	국내항일
부춘화	夫春花	1908.4.6	1995.2.24	2003	건국포장	국내항일
성혜자	成惠子	1904.8.27	모름	2018	대통령표창	학생운동
소은명	邵恩明	1905.6.12	모름	2018	대통령표창	학생운동
소은숙	邵恩淑	1903.11.7	모름	2018	대통령표창	학생운동
손경희	孫慶喜	1912	모름	2019	대통령표창	학생운동
손영선	孫永善	1902.3.3	모름	2019	대통령표창	학생운동
송금희	宋錦姬	모름	모름	2015	대통령표창	3·1운동
송명진	宋明進	1902.1.28	모름	2015	대통령표창	3·1운동
송미령	宋美齡	1897.3.5	2003.10.23	1966	대한민국장	독립운동 지원
송성겸	宋聖謙	1877	모름	2018	건국포장	국내항일
송수은	宋受恩	1882.9.12	1922.7.5	2013	대통령표창	국내항일
송영집	宋永潗	1910.4.1	1984.5.14	1990	애국장	광복군
송정헌	宋靜軒	1919.1.28	2010.3.22	1990	애족장	중국방면
신경애	申敬愛	1907.9.22	1964.5.13	2008	건국포장	국내항일
신관빈	申寬彬	1885.10.4	모름	2011	애족장	3·1운동

215

신마실라	申麻實羅	1892.2.18	1965.4.1	2015	대통령표창	미주방면
신분금	申分今	1886.5.21	모름	2007	대통령표창	3·1운동
신순호	申順浩	1922.1.22	2009.7.30	1990	애국장	광복군
신애숙	申愛淑	1910	모름		대통령표창	학생운동
신의경	辛義敬	1898.2.21	1997.8.11	1990	애족장	국내항일
신일근	辛一權	1913	모름	2019	대통령표창	학생운동
신정균	申貞均	1899	1931.7	2007	건국포장	국내항일
신정숙	申貞淑	1910.5.12	1997.7.8	1990	애국장	광복군
신정완	申貞婉	1916.4. 8	2001.4.29	1990	애국장	임시정부
신준관	申俊寬	1913	모름	2019	대통령표창	학생운동
신창희	申昌喜	1906.2.22	1990.6.21	2018	건국포장	중국방면
신특실	申特實	1900.3.17	모름	2014	건국포장	3·1운동
심계월	沈桂月	1916.1.6	모름	2010	애족장	국내항일
심상순	沈相順	1911	모름	2019	대통령표창	학생운동
심순의	沈順義	1903.11.13	모름	1992	대통령표창	3·1운동
심영식	沈永植	1896.7.15	1983.11.7	1990	애족장	3·1운동
심영신	沈永信	1882.7.20	1975. 2.16	1997	애국장	미주방면
안경신	安敬信	1888.7.22	모름	1962	독립장	만주방면
안맥결	安麥結	1901.1.4	1976.1.14	2018	건국포장	국내항일
안애자	安愛慈	1869	모름	2006	애족장	국내항일
안영희	安英姬	1925.1.4	1999.8.27	1990	애국장	광복군
안옥자	安玉子	1902.10.26	모름	2018	대통령표창	학생운동
안인대	安仁大	1898.10.11	모름	2017	애족장	국내항일
안정석	安貞錫	1883.9.13	모름	1990	애족장	국내항일
안혜순	安惠順	1903.1.6	2006.4.15	2019	건국포장	중국방면
안희경	安喜敬	1902.8.10	모름	2018	대통령표창	학생운동
양방매	梁芳梅	1890.8.18	1986.11.15	2005	건국포장	의병
양순희	梁順喜	1901.9.9	모름	2016	대통령표창	3·1운동
양애심	梁愛心	모름	1990	2019	대통령표창	국내항일
양제현	梁齊賢	1892	1959.6.15	2015	애족장	미주방면
양진실	梁眞實	1875	1924.5	2012	애족장	국내항일
양태원	楊泰元	1904.8.29	모름	2019	대통령표창	3·1운동
양학녀	梁鶴女	1912	모름	2019	대통령표창	학생운동
어윤희	魚允姬	1880.6.20	1961.11.18	1995	애족장	3·1운동
엄기선	嚴基善	1929.1.21	2002.12.9	1993	건국포장	중국방면
연미당	延薇堂	1908. .15	1981.1.1	1990	애국장	중국방면
오건해	吳健海	1894.2.29	1963.12.25	2017	애족장	중국방면
오광심	吳光心	1910.3.15	1976.4.7	1977	독립장	광복군
오수남	吳壽男	1910	모름	2019	대통령표창	학생운동
오신도	吳信道	1852.4.18	1933.9.5	2006	애족장	국내항일
오영선	吳英善	1887.4.29	1961.2.8	2016	애족장	중국방면
오정화	吳貞嬅	1899.1.25	1974.11.1	2001	대통령표창	3·1운동
오항선	吳恒善	1910.10.3	2006.8.5	1990	애국장	만주방면
오형만	吳亨萬	1913	모름	2019	대통령표창	학생운동
오희영	吳姬英	1924.4.23	1969.2.17	1990	애족장	광복군
오희옥	吳姬玉	1926.5.7	생존	1990	애족장	중국방면
옥순영	玉淳永	1856	모름	2018	대통령표창	국내항일
옥운경	玉雲瓊	1904.6.24	모름	2010	대통령표창	3·1운동
왕경애	王敬愛	1863	모름	2006	대통령표창	3·1운동
왕종순	王宗順	1905.11.18	1994.3.13	2019	대통령표창	학생운동
유경술	兪庚戌	1911	모름	2019	대통령표창	학생운동

유관순	柳寬順	1902.12.16	1920.9.28	1962	독립장	3·1운동
유순덕	劉順德	1913	모름	2019	대통령표창	학생운동
유순희	劉順姬	1926.7.15	생존	1995	애족장	광복군
유예도	柳禮道	1896.8.15	1989.3.25	1990	애족장	3·1운동
유인경	兪仁卿	1896.10.20	1944.3.2	1990	애족장	국내항일
유점선	劉點善	1901.11.5	모름	2014	대통령표창	3·1운동
윤경열	尹敬烈	1918.2.29	1980.2.7	1982	대통령표창	광복군
윤경옥	尹璟玉	1902.11.27	모름	2019	대통령표창	학생운동
윤마리아	尹馬利亞	1909.6.28	1973.3.20	2019	대통령표창	학생운동
윤복순	尹福順	1911	모름	2019	대통령표창	학생운동
윤선녀	尹仙女	1911.4.18	1994.12.6	1990	애족장	국내항일
윤순희	尹順嬉	1912	모름	2019	대통령표창	학생운동
윤악이	尹岳伊	1897.4.17	1962.2.26	2007	대통령표창	3·1운동
윤오례	尹五禮	1913.2.12	1992.4.21	2018	대통령표창	학생운동
윤용자	尹龍慈	1890.4.30	1964.2.3	2017	애족장	중국방면
윤찬복	尹贊福	1868.1.5	1946.6.19	1990	애족장	국내항일
윤천녀	尹天女	1908.5.29	1967.6.25	1990	애족장	학생운동
윤형숙	尹亨淑	1900.9.13	1950.9.28	2004	건국포장	3·1운동
윤희순	尹熙順	1860.6.25	1935.8.1	1990	애족장	의병
이갑문	李甲文	1913.8.28	모름	2018	건국포장	학생운동
이갑술	李甲述	1906	모름	2019	대통령표창	학생운동
이겸양	李謙良	1895.10.24	모름	2013	대통령표창	국내항일
이경희	李敬希	1907	모름	2019	대통령표창	학생운동
이계원	李癸媛	1906	모름	2019	대통령표창	학생운동
이관옥	李觀沃	1875	모름	2018	대통령표창	국내항일
이광춘	李光春	1914.9.8	2010.4.12	1996	건국포장	학생운동
이국영	李國英	1921.1.15	1956.2.2	1990	애족장	임시정부
이금복	李今福	1912.11.8	2010.4.25	2008	대통령표창	국내항일
이남규	李南奎	1903.2.15	모름	2019	대통령표창	학생운동
이남숙	李南淑	1903.6.17	모름	2019	대통령표창	3·1운동
이남순	李南順	1904.12.30	모름	2012	대통령표창	학생운동
이도신	李道信	1902.2.21	1925.9.30	2015	대통령표창	3·1운동
이동화	李東華	1910	모름	2018	대통령표창	학생운동
이명시	李明施	1902.2.2	1974.7.7	2010	대통령표창	3·1운동
이벽도	李碧桃	1903.10.14	모름	2010	대통령표창	3·1운동
이병희	李丙禧	1918.1.14	2012.8.2	1996	애족장	국내항일
이봉금	李奉錦	1903.12.3	1971.7.5	2019	대통령표창	3.1운동
이부성	李斧星	1908	모름	2019	대통령표창	학생운동
이살눔 (이경덕)	李살눔	1886.8.7	1948.8.13	1992	대통령표창	3·1운동
이석담	李石潭	1859	1930.5	1991	애족장	국내항일
이선경	李善卿	1902.5.25	1921.4.21	2012	애국장	국내항일
이성례	李聖禮	1884	1963	2015	건국포장	미주방면
이성완	李誠完	1900.12.10	1996.4.4	1990	애족장	국내항일
이소선	李小先	1900.9.9	모름	2008	대통령표창	3·1운동
이소열	李小烈	1898.8.10	1968.10.15	2018	대통령표창	3·1운동
이소제	李少悌	1875.11.7	1919.4.1	1991	애국장	3·1운동
이소희	李昭姬	1886	모름	2016	대통령표창	3·1운동
이수복	李壽福	1911	모름	2019	대통령표창	학생운동
이수희	李壽喜	1904.10.21	모름	2018	대통령표창	학생운동
이숙진	李淑珍	1900.9.24	모름	2017	애족장	중국방면

217

이순	李 順	1913.9.1	1991.11.21	2019	대통령표창	학생운동
이순승	李順承	1902.11.12	1994.1.15	1990	애족장	중국방면
이신애	李信愛	1891.1.20	1982.9.27	1963	독립장	국내항일
이신천	李信天	1903.3.24	모름	2019	대통령표창	학생운동
이아수	李娥洙	1898.7.16	1968.9.11	2005	대통령표창	3·1운동
이애라	李愛羅	1894.1.7	1922.9.4	1962	독립장	만주방면
이영신	李英信	1908	모름	2019	대통령표창	학생운동
이영희	李英嬉	1912	모름	2019	대통령표창	학생운동
이옥진	李玉珍	1923.10.18	2003.9.4	1968	대통령표창	광복군
이용녀	李龍女	1904.12.28	모름	2019	대통령표창	학생운동
이월봉	李月峰	1915.2.15	1977.10.28	1990	애족장	광복군
이은숙	李恩淑	1889.8.8	1979.12.11	2018	애족장	만주방면
이의순	李義橓	1895	1945.5.8	1995	애국장	중국방면
이인순	李仁橓	1893	1919.11	1995	애족장	만주방면
이정숙	李貞淑	1896.3.9	1950.7.22	1990	애족장	국내항일
이정숙	李貞淑	1898	1942	2019	대통령표창	중국방면
이태옥	李泰玉	1902.10.15	모름	2016	대통령표창	3·1운동
이헌경	李惠卿	1870	1956.1.30	2017	애족장	중국방면
이혜경	李惠卿	1889.2.22	1968.2.10	1990	애족장	국내항일
이혜련	李惠鍊	1884.4.21	1969.4.21	2008	애족장	미주방면
이혜수	李惠受	1891.10.2	1961.2.7	1990	애국장	의열투쟁
이화숙	李華淑	1893	1978	1995	애족장	임시정부
이효덕	李孝德	1895.1.24	1978.9.15	1992	대통령표창	3·1운동
이효정	李孝貞	1913.7.28	2010.8.14	2006	건국포장	국내항일
이희경	李희경	1894.18	1947.6.26	2002	건국포장	미주방면
임경애	林敬愛	1911.3.10	2004.2.12	2014	대통령표창	학생운동
임메불	林메불	1886	모름	2016	애족장	미주방면
임명애	林明愛	1886.3.25	1938.8.28	1990	애족장	3·1운동
임봉선	林鳳善	1897.10.10	1923.2.10	1990	애족장	3·1운동
임성실	林成實	1882.7.19	1947.8.30	2015	건국포장	미주방면
임소녀	林少女	1908.9.24	1971.7.9	1990	애족장	광복군
임수명	任壽命	1894.2.15	1924.11.2	1990	애국장	의열투쟁
임진실	林眞實	1899.8.1	모름	2015	대통령표창	3·1운동
장경례	張慶禮	1913.4.6	1998.2.19	1990	애족장	학생운동
장경숙	張京淑	1903.5.13	1994.12.31	1990	애족장	광복군
장매성	張梅性	1911.6.22	1993.12.14	1990	애족장	학생운동
장상림	張相林	1913	모름	2019	대통령표창	학생운동
장선희	張善禧	1894.2.19	1970.8.28	1990	애족장	국내항일
장성심	張成心	1906.11.26	1981.12.20	2019	대통령표창	국내항일
장태화	張泰·華	1878	모름	2013	애족장	만주방면
전수산	田壽山	1894. 5.23	1969.6.19	2002	건국포장	미주방면
전어진	全於眞	1911	모름	2019	대통령표창	학생운동
전월순	全月順	1923.2.6	2009.5.25	1990	애족장	광복군
전창신	全昌信	1900.1.24	1985.3.15	1992	대통령표창	3·1운동
전흥순	田興順	1919.12.10	2005.6.19	1963	대통령표창	광복군
정귀완	鄭貴浣	1913	모름	2019	대통령표창	학생운동
정금자	鄭錦子	모름	모름	2018	대통령표창	학생운동
정막래	丁莫來	1899.9.8	1976.12.24	2008	대통령표창	3·1운동
정복수	鄭福壽	1903	모름	2018	대통령표창	3·1운동
정수현	鄭壽賢	1887	모름	2016	대통령표창	국내항일
정영	鄭瑛	1922.10.11	2009.5.24	1990	애족장	중국방면

정영순	鄭英淳	1921.9.15	2002.12.9	1990	애족장	광복군
정월라	鄭月羅	1895	1959.1.1	2018	대통령표창	미주방면
정정화	鄭靖和	1900.8.3	1991.11.2	1990	애족장	중국방면
정종명	鄭鍾鳴	1896.3.5.	모름	2018	애국장	국내항일
정찬성	鄭燦成	1886.4.23	1951.7	1995	애족장	국내항일
정태이	鄭泰伊	1902	모름	2019	대통령표창	학생운동
정현숙	鄭賢淑	1900.3.13	1992.8.3	1995	애족장	중국방면
제영순	諸英淳	1911	모름	2018	건국포장	국내항일
조계림	趙桂林	1925.10.10	1965.7.14	1996	애족장	임시정부
조마리아	趙마리아	1862.4.8	1927.7.15	2008	애족장	중국방면
조복금	趙福今	1911.7.7	모름	2018	애족장	국내항일
조순옥	趙順玉	1923.9.17	1973.4.23	1990	애국장	광복군
조신성	趙信聖	1873	1953.5.5	1991	애국장	국내항일
조아라	曺亞羅	1912.3.28	2003.7.8	2018	건국포장	국내항일
조애실	趙愛實	1920.11.17	1998.1.7	1990	애족장	국내항일
조옥희	曺玉姬	1901.3.15	1971.11.30	2003	대통령표창	3·1운동
조용제	趙鏞濟	1898.9.14	1947.3.10	1990	애족장	중국방면
조인애	曺仁愛	1883.11.6	1961.8.1	1992	대통령표창	3·1운동
조충성	曺忠誠	1895.5.29	1981.10.25	2005	대통령표창	3·1운동
조화벽	趙和璧	1895.10.17	1975.9.3	1990	애족장	3·1운동
주말순	朱末順	1915.2.13	2000.3.16	2019	대통령표창	학생운동
주세죽	朱世竹	1899.6.7	1950	2007	애족장	국내항일
주순이	朱順伊	1900.6.17	1975.4.5	2009	대통령표창	국내항일
주유금	朱有今	1905.5.6	1995.9.14	2012	대통령표창	학생운동
지복영	池復榮	1920.4.11	2007.4.18	1990	애국장	광복군
지은원	池恩源	1904.8.9	모름	2019	대통령표창	학생운동
진신애	陳信愛	1900.7.3	1930.2.23	1990	애족장	3·1운동
차경신	車敬信	1892.2.4	1978.9.28	1993	애국장	만주방면
차미리사	車美理士	1880.8.21	1955.6.1	2002	애족장	국내항일
차보석	車寶錫	1892	1932.3.21	2016	애족장	미주방면
차은애	車恩愛	1914	모름	2019	대통령표창	학생운동
차인애	車仁載	1895.4.26	1971.4.7	2018	애족장	미주방면
채애요라 (채혜수)	蔡愛堯羅	1897.11.9	1978.12.17	2008	대통령표창	3·1운동
천소악	千小岳	1913	모름	2019	대통령표창	학생운동
최갑순	崔甲順	1898.5.11	1990.11.22	1990	애족장	국내항일
최금봉	崔錦鳳	1896.5.6	1983.11.7	1990	애국장	국내항일
최금수	崔金洙	1899	모름	2018	대통령표창	3·1운동
최덕임	崔德姬	1912	모름	2019	대통령표창	학생운동
최문순	崔文順	1903	모름	2018	대통령표창	국내항일
최복길	崔福吉	1894	모름	2018	애족장	국내항일
최복순	崔福順	1911.1.13	모름	2014	대통령표창	학생운동
최봉선	崔鳳善	1904.8.10	1996.3.8	1992	애족장	국내항일
최서경	崔曙卿	1902.3.20	1955.7.16	1995	애족장	임시정부
최선화	崔善嬅	1911.6.20	2003.4.19	1991	애국장	임시정부
최성반	崔聖盤	1914.12.22	모름	2018	대통령표창	학생운동
최수향	崔秀香	1903.1.27	1984.7.25	1990	애족장	3·1운동
최순덕	崔順德	1897	1926. 8.25	1995	애족장	국내항일
최애경	崔愛敬	1902	모름	2018	대통령표창	3·1운동
최예근	崔禮根	1924.8.17	2011.10.5	1990	애족장	만주방면

최요한나	崔堯漢羅	1900.8.3	1950.8.6	1999	대통령표창	3·1운동
최용신	崔容信	1909.8.12	1935.1.23	1995	애족장	국내항일
최윤숙	崔允淑	1912.9.22	2000.6.17	2017	대통령표창	학생운동
최은전	崔殷田	1913	모름	2018	대통령표창	학생운동
최은희	崔恩喜	1904.11.21	1984.8.17	1992	애족장	3·1운동
최이옥	崔伊玉	1926.6.16	1990.7.12	1990	애족장	광복군
최정숙	崔貞淑	1902.2.10	1977.2.22	1993	대통령표창	3·1운동
최정철	崔貞徹	1853.6.26	1919.4.1	1995	애국장	3·1운동
최형록	崔亨祿	1895.2.20	1968.2.18	1996	애족장	임시정부
최혜순	崔惠淳	1900.9.2	1976.1.16	2010	애족장	임시정부
탁명숙	卓明淑	1900.12.4	1972.10.24	2013	건국포장	3·1운동
한보심	韓寶心	1912.1.12	1988.7.24	2019	대통령표창	3·1운동
한성선	韓成善	1864.4.29	1950.1.4	2015	애족장	미주방면
하영자	河永子	1903.6.27	1993.10.1	1996	대통령표창	3·1운동
한덕균	韓德均	1896	모름	2018	대통령표창	국내항일
한도신	韓道信	1895.7.5	1986.2.19	2018	애족장	중국방면
한연순	韓連順	1898.12.26	모름	2019	대통령표창	3·1운동
한영신	韓永信	1887.7.22	1969.2.20	1995	애족장	국내항일
한영애	韓永愛	1920.9.9	2002.2.1	1990	애족장	광복군
한이순	韓二順	1906.11.14	1980.1.31	1990	애족장	3·1운동
함애주	咸愛主	1913	모름	2019	대통령표창	학생운동
함연춘	咸鍊春	1901.4.8	1974.5.25	2010	대통령표창	3·1운동
함용환	咸用煥	1895.3.10	모름	2014	애족장	국내항일
허은	許銀	1909.5.9	1997.5.19	2018	애족장	만주방면
현도명	玄道明	1875	모름	2018	대통령표창	국내항일
홍금자	洪金子	1912	모름	2019	대통령표창	학생운동
홍매영	洪梅英	1913.5.15	1979.5.6	2018	건국포장	중국방면
홍순남	洪順南	1902.6.13	모름	2016	대통령표창	3·1운동
홍승애	洪承愛	1901.6.29	1978.11.17	2018	대통령표창	3·1운동
홍씨	韓鳳周妻	모름	1919.3.3	2002	애국장	3·1운동
홍애시덕	洪愛施德	1892.3.20	1975.10.8	1990	애족장	국내항일
황금순	黃金順	1902.10.15	1964.10.20	2015	애족장	3·1운동
황마리아	黃마리아	1865	1937.8.5	2017	애족장	미주방면
황보옥	黃寶玉	1872	모름	2012	대통령표창	국내항일
황애시덕	黃愛施德	1892.4.19	1971.8.24	1990	애국장	국내항일
황혜수	黃惠壽	1877.4.4	1984	2019	대통령표창	미주방면

*이 표는 국가보훈처 공훈전자사료관의 독립유공자 자료를 바탕으로 글쓴이가 정리한 것임

여성독립운동가 100분을 위한 헌시

ⓒ이윤옥, 단기 4352(2019)

초판 1쇄 펴낸 날 4352(2019)년 8월 5일

지 은 이 | 이윤옥
디 자 인 | 명 크리에이티브
박 은 곳 | 명 크리에이티브
펴 낸 곳 | 도서출판 얼레빗
등록일자 | 단기 4343년(2010) 5월 28일
등록번호 | 제000067호
주   소 | 서울시 영등포구 영신로 32 그린오피스텔 306호
전   화 | (02) 733-5027
전   송 | (02) 733-5028
누리편지 | pine9969@hanmail.net
I S B N | 979-11-85776-14-9

값 12,000원